ブックレット〈書物をひらく〉15

伊勢物語　流転と変転
鉄心斎文庫本が語るもの

山本登朗

平凡社

伊勢物語　流転と変転――鉄心斎文庫本が語るもの［目次］

図1　お二人の肖像

はじめに

鉄心斎文庫《てつしんさいぶんこ》は、芦澤新二・美佐子夫妻（図1）が収集した伊勢物語のコレクションである。厖大な数の伊勢物語とその注釈書の写本・版本だけでなく、伊勢物語を描いた屛風や掛け軸、さらには伊勢物語カルタまで、さまざまなかたちをした一千点を超える《伊勢物語》が、ここに集められている。二〇一六年三月、この空前のコレクションは国文学研究資料館に寄贈され、今後永く保存されるとともに、一般にも広く公開されることになった。

本書は、この鉄心斎文庫に集められたさまざまな伊勢物語のうち、一部の書物の来歴や内容を紹介しながら、鉄心斎文庫と、そこに集まった伊勢物語、さらには伊勢物語という作品について考えようとするものである。

一▼流転と出会い——鉄心斎文庫のはじまり

阿波国文庫本との出会い

昭和二十四年（一九四九）、二十五歳の芦澤新二氏は明治大学を卒業し、熱烈な恋愛で結ばれた美佐子夫人と結婚すると同時に、美佐子夫人のお父様が社長であった株式会社三和テッキに入社したが、そのころのある日、芦澤氏は、東大前の古書店で、「阿波国文庫《あわのくにぶんこ》」と「不忍文庫《しのばずぶんこ》」という二つの蔵書印を持った七点の伊勢物語写本が「わずか三千円余り」で並べられているのを発見し、すぐに購入した。当時の三千円は、大卒銀行員の初任給にほぼ相当する。由緒ある文庫の旧蔵書で、室町時代の写本も含まれているこの七点を入手したことについて、芦澤氏は著書『好古拾遺《こうこしゅうい》』（三和新聞社、一九七二年）の中で、「このときの喜びは今でも忘れられないほどである」と述べている。この阿波国文庫旧蔵本との偶然の出会いが、鉄心斎文庫のはじまりとなった。これ以後、お二人の精力的な伊勢物語収集が始まるのである。

鉄心斎文庫のコレクション形成の原点となったこの七点が、具体的にはどの本

根源本第二系統　伊勢物語の諸本の中でも、定家本すなわち藤原定家が校訂した本が広く用いられているが、その定家本にも、校訂された時期を異《こと》にする多くの種類がある。根源本第二系統はそのうちの一種であり、山田清市氏によって命名された。

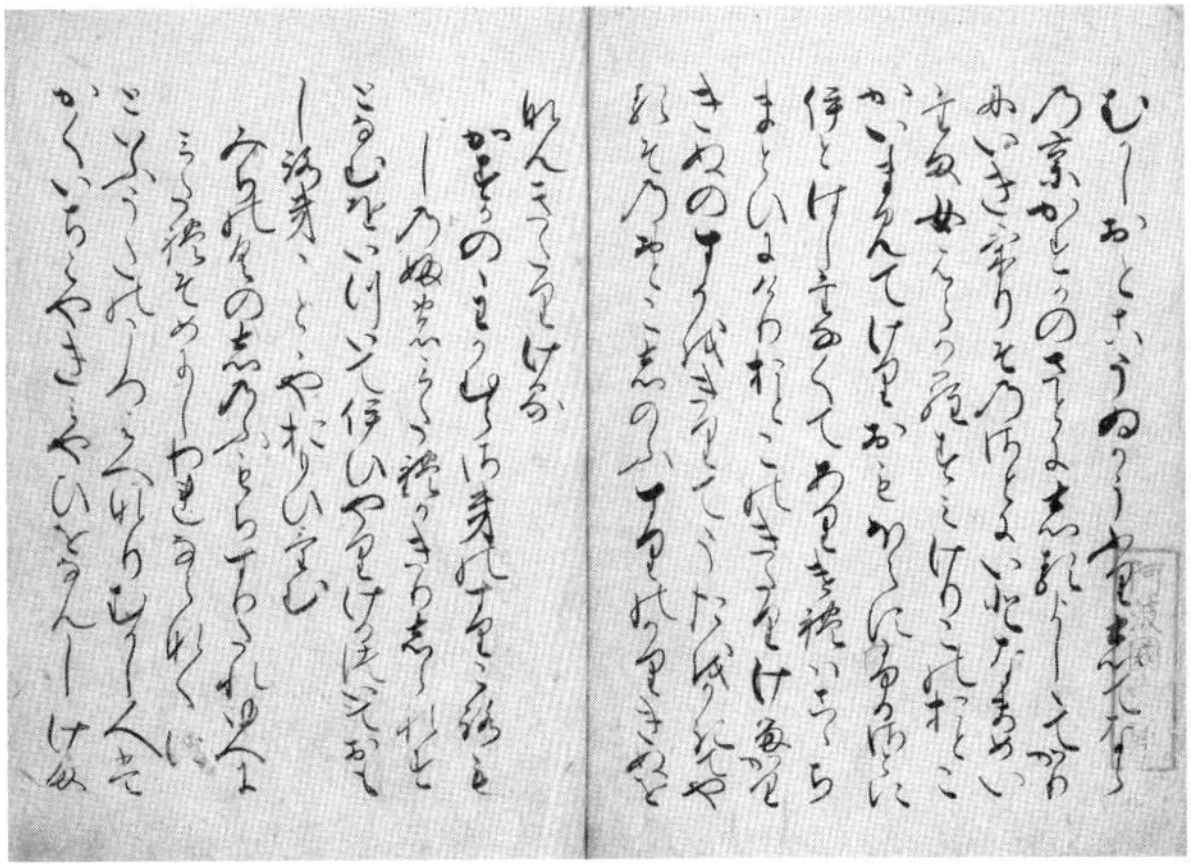

図２　順覚筆本　冒頭部分

声点　声点は、本来漢字の四声を表すため漢字の四隅などに付けられた点だが、のち、アクセントや清濁を示すために仮名にも付けられるようになった。

なのか、はっきりした記録は残っていないが、鉄心斎文庫の目録を通覧すると、注釈書は別にして、「阿波国文庫」と「不忍文庫」の二つの蔵書印を持った写本が、ちょうど七点見出される。その七点を、簡単な紹介を添えて列挙しておく（以下、《　》内に国文学研究資料館の請求番号を示す）。

①暦応四年（一三四一）順覚《じゅんかく》筆本　《九八―九》（図２）
根源本第二系統の▲定家《ていか》奥書の後、寛元四年（一二四六）三月二十八日の明教《めいきょう》、文永九年（一二七二）十二月十二日の定円《じょうえん》、暦応四年十一月一日の順覚の、三種の書写奥書を有する。

②文明十八年（一四八六）唯心《ゆいしん》筆本　《九八―四二》（図３）
朱筆《しゅひつ》で声点《しょうてん》▲が加えられ、行間には、本書後半で説明する冷泉家流《れいぜいけりゅう》の「古注」が加えられている。定家自筆本を写して注を加えたという永享十一年（一四三九）の良将《りょうしょう》の奥書と、冷泉政為《まさため》の本を書写したという文明十八年の唯心の奥書を有する。

③伝実相院増運・円空上人両筆本　《九八―四三》
根源本第二系統の定家奥書の後に、弘長元年（一二六一）の「拾遺」の奥書が転写されている。

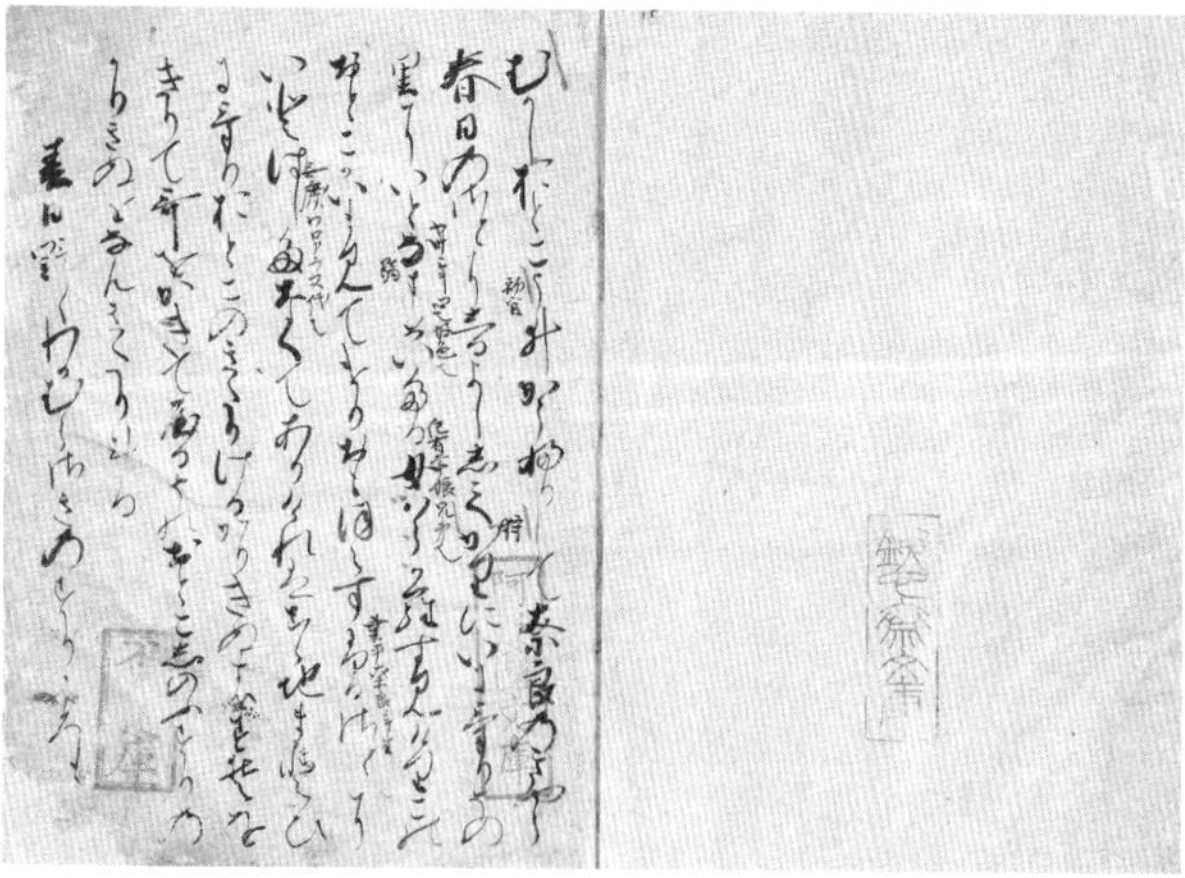

図3　唯心筆本　冒頭部分

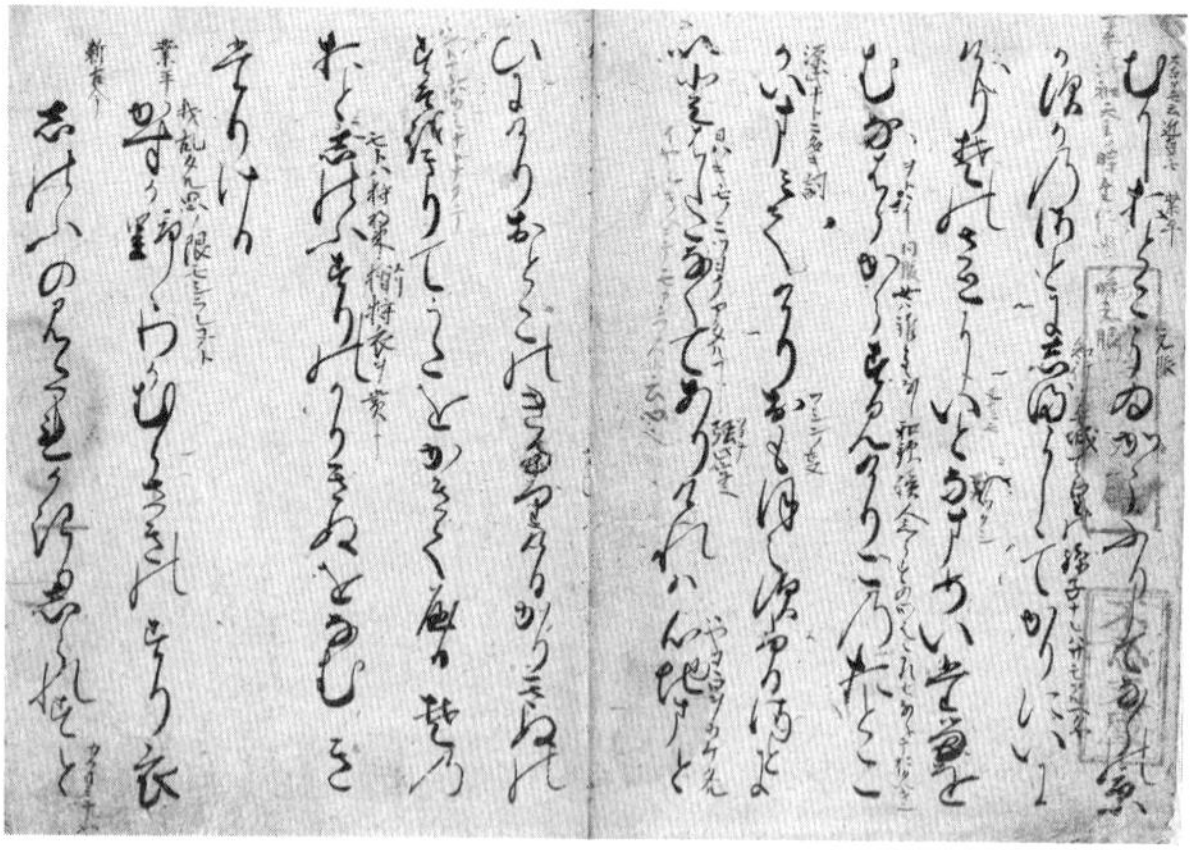

図4　注書き入れ本　冒頭部分

④永正四年（一五〇七）宗全筆本《九八—六三》

平為春《たいらのためはる》のために書写したという永正四年の「兼載《けんさい》同宿宰相□□・宗全《そうぜん》」の奥書を有する。

⑤注書き入れ本《九八—六六》（図4）

行間に墨筆・朱筆の両方で、二度にわたって注記が書き入れられている。注記のなかには「宗祇《そうぎ》説」「御説」などの標示が見える。奥書はない。

⑥武者小路実陰《むしゃのこうじさねかげ》筆本《九八—九四》

天福本▲・根源本第二系統・武田本▲の三種の定家奥書の後、元禄十四年（一七〇二）の武者小路実陰の奥書を有する。

⑦阿波国文庫旧蔵本《九八—一六二》

武田本・天福本・根源本第二系統の三種の定家奥書、武田本の勘物《かんもつ》▲を有する。⑥の「武者小路実陰筆本」と同じ箱に入って伝来した。

昭和九年（一九三四）に刊行された伊勢物語研究の古典的著作である池田亀鑑《いけだきかん》氏『伊勢物語に就《つ》きての研究』（研究篇）には、右のうち①の暦応四年順覚筆本と④の永正四年宗全筆本がすでに紹介されている。そのような、いわば著名な伝本も含む七点は、なぜこの時、古書店の店頭に並べられていたのだろうか。

阿波国文庫本がたどった運命

「阿波国文庫」は、徳島阿波藩の藩主蜂須賀《はちすか》家の文庫だが、その中でも「不忍文庫」の印を併せ持っているものは、もともと『参考伊勢物語』などの著作もあ

天福本　伊勢物語の定家本の一種。現在もっとも広く用いられている。

武田本　伊勢物語の定家本の一種。

勘物　典籍などの文章の内容について書き加えられた注記。定家本には、藤原定家による勘物が書き入れられたものが多い。

屋代弘賢　宝暦八年（一七五八）―天保十二年（一八四一）。

る江戸時代の国学者、屋代弘賢《やしろひろかた》▲の旧蔵書で、弘賢の死後に蜂須賀家に献納されたものであり、貴重な本を多く含むことで知られている。阿波国文庫の蔵書は明治維新の際に一部が散逸したと言われているが、その後、旧藩主邸に置かれていたものなどを除いて約三万冊が、徳島県立光慶《こうけい》図書館に保管されていた。

　その三万冊が、その後どんな運命をたどったか、『徳島県立図書館五十年史』（同図書館、一九六六年）には、次のように記されている（一部省略し読み仮名を加える）。

《阿波国文庫》阿波国文庫は、旧藩主蜂須賀家が藩政時代に長期間にわたり収集した和漢典籍の一大集書である。収集が始められた時期については未詳であるが藩主重喜《しげよし》（一七三八〜一八〇一）から藩主斉裕《なりひろ》（一八二一〜一八六八）に至る間に、特に多数の書籍が増加したものと推定される。この間に、柴野《しばの》栗山《りつざん》（一七三六〜一八〇七）・屋代弘賢（一七五八〜一八四一）の蔵書が、それぞれその没後に阿波国文庫へ献納されたからである。［中略］阿波国文庫の総冊数は、約5万冊あるいは約6万冊であったと言われているが、その内三〇九〇五冊が、徳島県師範学校付属図書館を経て、大正七年三月徳島県立光慶図書館に移管された。［中略］昭和二〇年七月四日未明の徳島市

> 大空襲により、光慶図書館所蔵の全資料が焼失した時、阿波国文庫もまた、疎開中の稀《き》覯書《こうしょ》約六六〇冊を除き、全部焼失した。［中略］戦災後再建された館舎が、昭和二五年三月一三日午後の火災のため全焼した際、阿波国文庫の稀覯本約六六〇冊も、すべて焼失した。ここに至って、大正七年以来光慶図書館に保管されていた三〇九〇五冊の阿波国文庫本は、全部焼失したわけである。

これによれば、三万冊の「阿波国文庫」の本のうち、普通書は太平洋戦争中、昭和二十年（一九四五）の空襲で焼失したが、幸い、六百六十冊の貴重書は、疎開していて難を逃れた。ところが、戦後、昭和天皇の巡幸に備えて展示の準備をしていた昭和二十五年（一九五〇）三月に火災が起こり、館の全焼によって貴重書もすべて焼失したという。まことに惜しんでも余りある不幸なできごとだったと言うほかないが、しかしながら実は、「阿波国文庫」の印を持つ本は、今もかなり数多く、あちらこちらの文庫に残っている。芦澤氏が出会った七点の伊勢物語写本も、そのひとつと言ってよい。それらの本は、なぜ焼失をまぬがれて残っているのだろうか。

戦前に徳島県立光慶図書館で「阿波国文庫」の調査をした一人である川瀬一馬

氏は、『続日本書誌学の研究』（雄松堂書店、一九八〇年）の中で、次のように述べている。

阿波国文庫は［中略］書目もカードも残らずに今度の失火で全焼してしまいました。極く僅か蜂須賀家に取り戻してあったものが焼け残って売りに出たものがあったのと、また別に徳島県立光慶図書館に寄託漏れになって、徳島市の蜂須賀別邸に保管されていた阿波国文庫の古書の一部も、同じく戦後売却されました。

これによれば、さきの七点の伊勢物語写本も、東京の蜂須賀家にあったものか、寄託漏れになって徳島市の蜂須賀別邸に保管してあったものか、そのどちらかだったのだろうということになる。戦争、そして敗戦という大きな社会変動の波の中で、阿波国蜂須賀家の厖大な六万冊の蔵書は、その大半が焼失し、残ったものは売却されて分散したということになるのだろうと、ひとまずは考えられる。しかし、この七点のほかに、鉄心斎文庫には数点の阿波国文庫旧蔵本が現存する。そして、そのうち次にあげる二点の書物の場合を考えると、これらの書物をめぐる謎はさらに深まるのである。

深まる謎、そして鉄心斎文庫へ

阿波国文庫旧蔵本がたどった運命についてさらに疑問を投げかけるのは、次の二点の注釈書である。ともに「阿波国文庫」印だけを持ち「不忍文庫」印は有していない。

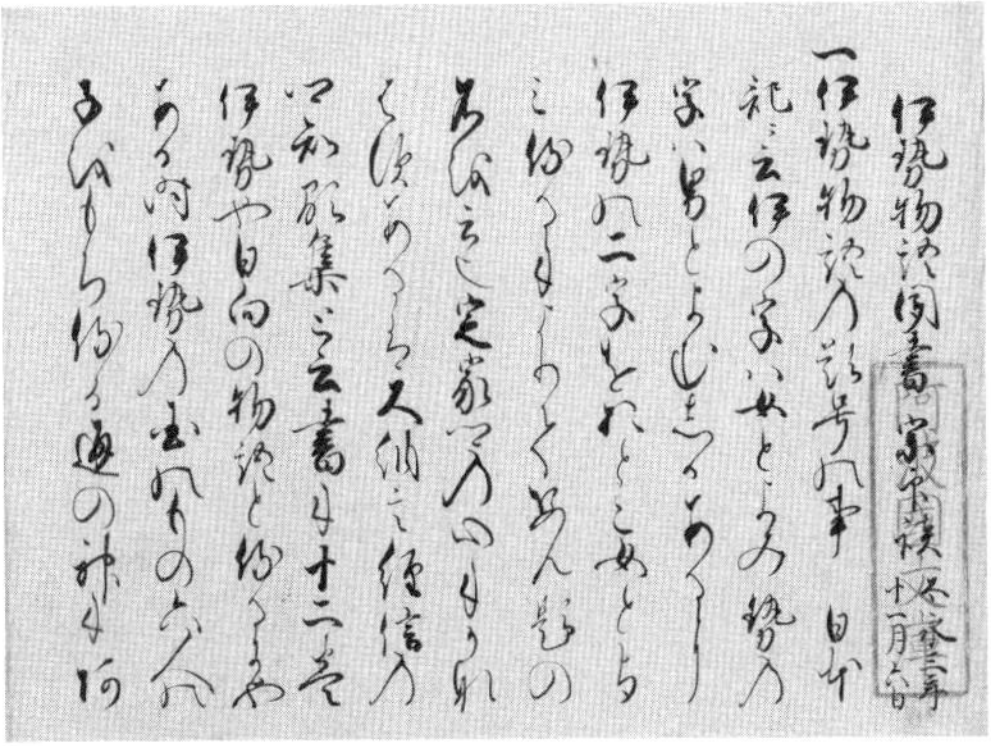

図5　伊勢物語聞書　冒頭部分

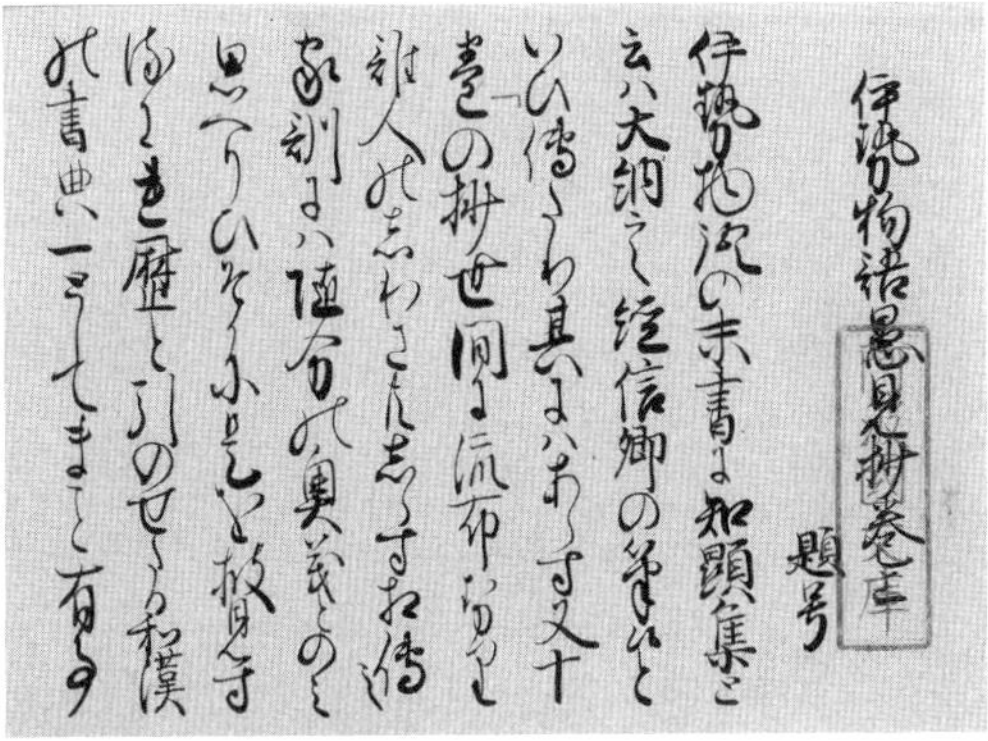

図6　伊勢物語愚見抄　冒頭部分

⑧伊勢物語聞書（大永三年・一五二三宗印談）《九八―七八九》（図5）

大永三年十一月六日に宗印《そういん》によって「談」じられた講釈の聞書《ききがき》。宗祇や宗長《そうちょう》の名を何度も掲げ、宗祇流であることを強調するが、正統な宗祇流から大きく逸脱した特異な内容を持つ。

⑨伊勢物語愚見抄（文明六年（一四七四）再稿本）《九八―七九

〇》（図6）
巻末に、他本には見えない題号についての記述が付載されている。

⑧の伊勢物語聞書は、冒頭に「伊勢物語聞書、宗印談、大永三年十一月六日」と記されていて、「宗印」という名前や具体的な年月日まで記されているだけでも興味深い書物であり、「伊勢物語宗印談」という名で、『鉄心斎文庫伊勢物語古注釈叢刊』（八木書店、一九八八―九〇年）第四巻に影印され、さらに『伊勢物語古注釈大成』（笠間書院、二〇〇四年―）第四巻に翻刻が収載されている。その内容は一種独特の談話体で書かれていて、文字どおり「談」じられたものの筆録と考えられるが、そのスタイルだけでなく内容も、同時代の文芸や伝説とも関わりを持つ、他の注釈書に見えない多彩な要素を含んでおり、まことに特異、かつ貴重な伊勢物語注釈書である。一方の⑨は、室町時代中期を代表する学者一条《いちじょう》兼良《かねら》▲の注釈書『伊勢物語愚見抄』の一伝本である。

伊勢物語の注釈書については、大津有一氏の詳細な調査と先駆的な考察がその後の研究の基盤となっているが、その大津氏の『伊勢物語古註釈の研究』（宇都宮書店、一九五四年／増訂版、八木書店、一九八六年）第二章第一および同第十二には、この⑧⑨の両書が「徳島県立光慶図書館旧蔵本」「阿波国文庫旧蔵」などと

一条兼良　応永九年（一四〇二）―文明十三年（一四八一）。

して紹介され、⑧については「昭和八年の夏光慶図書館で写しておいた巻頭巻末」が、⑨については末尾の一部が記されている。そして両書についてともに、「戦災で焼失して了《しま》った」と記されているのである。二度にわたる厄災《やくさい》によって完全に「焼失」したとされ、大津氏もそのように信じていた徳島県立光慶図書館所蔵の阿波国文庫本の、少なくとも二点は、火災の跡などどこにも見られない良好な姿で、いま鉄心斎文庫に現存している。

昭和八年には光慶図書館にあったこの二点の写本は、その後どのような経緯をたどって鉄心斎文庫にたどり着いたのだろうか。戦災と火災という二度の厄災を、これらの本はどのようにしてくぐり抜けることができたのだろうか。普通に考えればあり得ないことのように思われるが、その不可解な事実の背後には、戦後動乱期特有の社会の混乱の影が見え隠れしているように思われる。芦澤氏が最初に出会った七点の写本についても、事情はおそらく同様であろう。そのような時代の情勢が、けれども一方で貴重な出会いを生み、鉄心斎文庫という新しいコレクション誕生のきっかけを作り出していたのである。

ちなみに、鉄心斎文庫には「阿波国文庫」の蔵書印を持つ伊勢物語の注釈書がこの他に五点存在する。次に書名だけを列挙しておく。

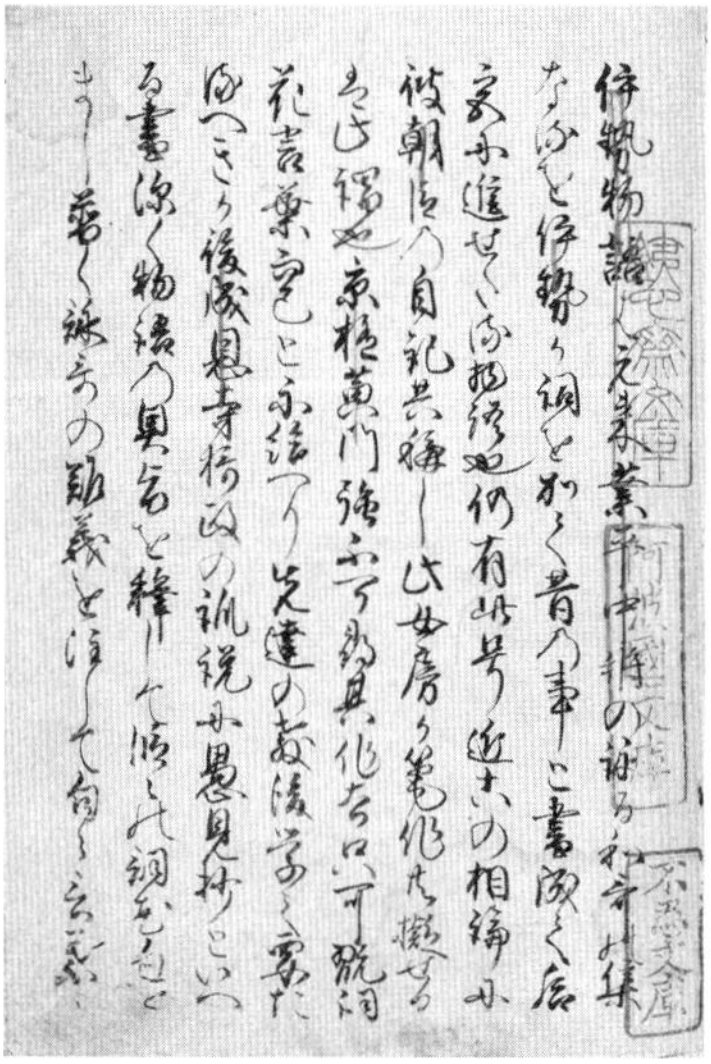

図7　伊勢物語忍摺抄　冒頭部分

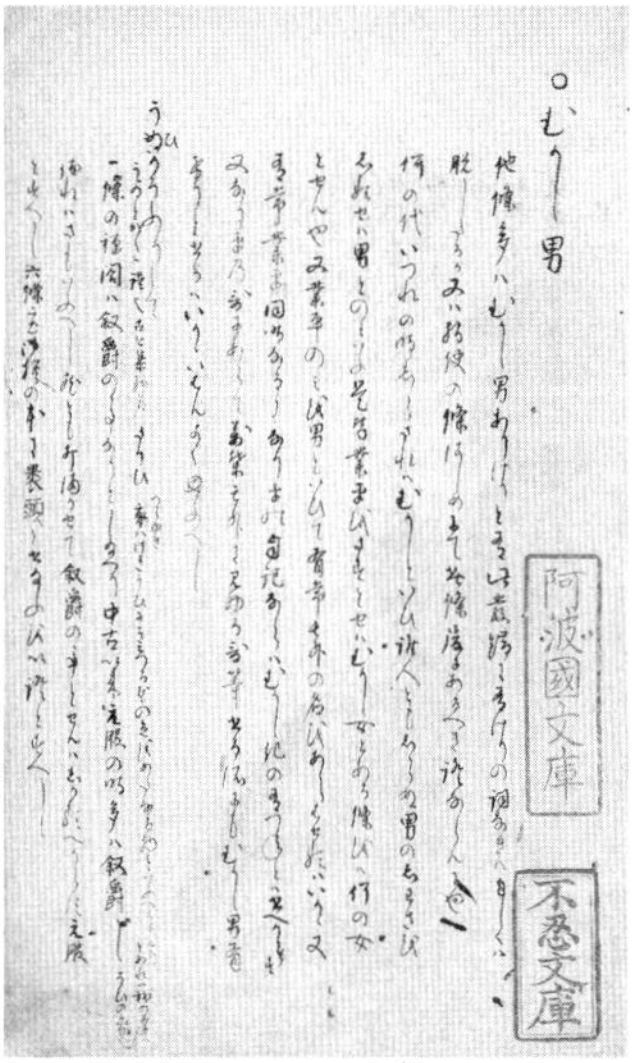

図8　伊勢私記・河津祐章記　冒頭部分

⑩伊勢物語忍摺抄《しのぶずりしょう》《九八—七二五》（図7）
⑪伊勢私記・河津《かわづ》祐章《ひろあき》記《九八—七三五》（図8）
⑫伊勢物語の髄脳《ずいのう》《九八—七四一》
⑬勢語古義《九八—七四二》
⑭伊勢物語添注《てんちゅう》（伝清水浜臣《しみずはまおみ》自筆稿本）《九八—七五九》

右の五点のうち、⑬の勢語古義以外の四点には、「不忍文庫」印も押されている。静嘉堂文庫に残されている『不忍文庫蔵書目録』によれば、屋代弘賢の「不忍文庫」にはかつて四十五点の伊勢物語が所蔵されていた。鉄心斎文庫に入っているのはその一部にすぎないが、これらの本がさまざまな流転の旅を経て鉄心斎文庫にたどり着いたその旅路の背後には、明治維新から戦後にかけての日本社会の大変動があった。鉄心斎文庫の伊勢物語コレクションは、そのような時代情況を背景にして、はじめて誕生することができたのである。

もうひとつの出会い

芦澤新二氏は大正十三年（一九二四）、甲州、つまり山梨県の中巨摩郡《なかこまぐん》西野町（現在の南アルプス市）の旧家に生まれた。まだ若かったころから蔵の中の古文書に興味を持ち、なんとか解読しようと独学で変体仮名を勉強していたという。

芦澤氏が亡くなった翌年、『天愛不息《てんあいふそく》・芦澤新二を偲《しの》ぶ』（三和テッキ株式会社、一九九〇年）という立派な追悼文集が作られたが、そこに掲載されている詳しい年譜や芦澤氏自身の遺稿「中学時代の友達」（『京都府立第二中学校五十周年記念誌』から転載）によれば、芦澤氏は三つの旧制中学に在籍している。最初に昭和十一年四月から十四年七月まで山梨県立甲府中学校、その後昭和十四年九月から十五年二月まで、同じ山梨県立の都留《つる》中学校、そして最後に、昭和十五年四月に京都の府立第二中学校の夜間部に転校し、十七年三月にそこを卒業している。

『天愛不息・芦澤新二を偲ぶ』に寄せられた追悼文などによれば、芦澤氏は自由を好み、他に同ぜず堂々と自分のスタイルを押し通す、個性的で気骨のある中学生だったようである。当時学校で禁止されていた外国映画を見て感動し、教師に見つかっても平然としていたようだが、当時は日本が戦争へと傾きつつある時代で、芦澤氏と学校当局の間にはさまざまな摩擦があり、結局芦澤氏は山梨県の二つの中学で放校処分を受けた。遺稿「中学時代の友達」には、「都留中四年修了の直前の二月、ぼくは上級生である五年生との間に問題を起こしてしまい、担任や校長のとりなしにもかかわらず、配属将校の強い発言が通り、実質的に放校ということに決まった」と記されている。芦澤氏はその後、郷里の山梨を離れて京都に行き、縁あって京都二中の夜間部に編入学して、そこで卒業までの月日をすごした。芦澤氏は、「京都二中が自分を受け入れてくれなかったら、自分の人生はどうなったかわからない。自分にとって京都は第二の故郷だ」と常々語っていたという。

さきに芦澤氏が、東大前の古書店に並んでいた七点の阿波国文庫旧蔵本と出会ったことが鉄心斎文庫の伊勢物語コレクションの発端となったことを紹介したが、そこに引用した『好古拾遺』の「このときの喜びは今でも忘れられないほどである」という言葉は、実はさらに次のように続けられている。

〔前略〕このときの喜びは今でも忘れられないほどである。というのは、中学生のとき学校で「東下りの段」を習い、千年も昔に、これほど立派な作品が日本には生まれていたのだと、すっかり感激していたからである。

芦澤氏がいつ、どの中学で伊勢物語の「東下りの段」を習ったかはさだかでないが、主人公の流転を語る「東下りの段」を持つ伊勢物語と、郷里を離れて青春の一時期を異郷の地ですごさねばならなかった芦澤氏との最初の出会いは、実は中学生時代にあった。昭和二十四年に二十五歳の芦澤氏が七点の伊勢物語を迷わずにすぐ購入したのは、単に由緒ある阿波国文庫本に引かれたからだけでも、価格が魅力的だったからだけでもなかった。芦澤氏と伊勢物語の間には、すでに強い心のつながりがあったのである。

そして、もうひとつの出会い

さらに、鉄心斎文庫の伊勢物語コレクションを生み出したもうひとつの契機は、美佐子夫人の協力にあった。

芦澤氏は、昭和十九年（一九四四）、明治大学在学中に海軍に召集され、予備学校教育部を経て、魚雷による特攻部隊に入る予定だったところ変更になって終戦となり、復学した明治大学で学生雑誌『駿台論潮』の編集長として活躍した。その編集メンバーの後輩の一人が、美佐子夫人だった。熱烈な恋愛の結果、新聞記者志望だった芦澤氏は、美佐子夫人のお父様が経営していた会社に入ることになったのである。

それ以前、体調を崩して転地療養していた後輩の美佐子さんに、芦澤氏は退屈しのぎの読み物として、賀茂真淵《かものまぶち》が書いた注釈書『伊勢物語古意《こい》』の版本を贈ったという。芦澤氏ご夫妻と伊勢物語は早くから、深いところでつながれていた。結婚後の伊勢物語収集は、美佐子夫人の協力のもとに続けられた。芦澤氏が一人で古書店に行くと、店の主人が「今日はおひとりですか」と言ってからかったという。『好古拾遺』にはまた、次のように記されている。

［前略］そのうち、私が会社を経営するようになったため、どうしても、自分で入札会などに行けないことが多くなってきた。

ところが、うまいことには家内が代わりに京都、大阪はもとより九州の古書店などにも行ってくれるようになったのである。そればかりか私が外国旅行などで不在のおりに掘り出し物が出たりすると自分で代金のくめんをしてくれたことも何度かある。

伊勢物語は自分たちにとって「子供のようなものと思っている」と、芦澤氏は『好古拾遺』に書いている。そしてさらに、「これらの蔵書は子供がみな個性があるように、それぞれ特徴をもっている［中略］こうした点を比べるだけでも興味はつきない」とも述べている。鉄心斎文庫の伊勢物語の中には、貴重な資料的価値で知られていたり、とりわけ美しい書体や装丁を有するものも含まれているが、そうではなく、比較的ありふれた姿を持つ伊勢物語も数多く見られる。それらのすべての個性や特徴を、芦澤氏ご夫妻は、親が我が子を見るように、愛情を込めて見ていたのである。

芦澤氏は、さきにも引いた「中学時代の友達」の中で、京都二中夜間部時代の「同級生四十余名」のほとんど全員が、ご自分の下宿に来て「議論したり、遊んだり」したことを記され、思い出深い友人の名前を十数人も列挙して、「ぼくの下宿は、誰からともなく『水滸《すいこ》伝《でん》』の梁山泊《りょうざんぱく》に擬せられ、いつの間にか夜中の英雄豪傑の溜り場になっていた」となつかしそうに記している。芦澤氏の京都時代は、郷里を離れた流転の時であっただけでなく、多くの友人に恵まれ、交流の中で大きな影響を受けた充実した時でもあったように見受けられる。

当時の芦澤氏が感動した伊勢物語の「東下り」もまた、第九段に「もとより友とする人ひとりふたりして行きけり」と記されているように、流転の旅ではあるがただ一人の旅ではなく、同行してくれる友のいる旅として描き出されている。よく知られた八橋の場面でも、また隅田川の場面でも、主人公のそばにはいつも、心の通い合う友がいた。芦澤氏の心を打った伊勢物語は、友との心の交流を語る、友情の文学でもあったのである。

かつて京都の梁山泊に友が集まったように、東京・大井町の芦澤邸も、いつも多くの来客でにぎわっていたが、数多くの伊勢物語たちもまた、阿波国文庫旧蔵本がそうだったようにさまざまな流転の旅を経て鉄心斎文庫にたどり着き、空前のコレクションに加わったのである。

昭和六十四年（一九八九）に芦澤氏は六十四歳の若さで、多くの人に惜しまれながら他界したが、美佐子夫人は、伊勢物語の収集を、ご主人の遺志を継ぐ形でさらに続け、平成三年（一九九一）十一月には、小田原市郊外の別宅に「鉄心斎文庫伊勢物語文華館」を開設して、以後、毎年春秋二回の展示会を二十回以上にわたって開催し、そのたびごとに展示品の解説図録『鉄心斎文庫伊勢物語図録』（第一〜二十集、および続編）を刊行し続けた。

二▶ヨーロッパを流転した伊勢物語
——ルンプ旧蔵書

ドイツ人、フリッツ・ルンプ

鉄心斎文庫の伊勢物語版本には、ドイツ人フリッツ・ルンプの旧蔵書と思われる十一点の版本が含まれている。それらは、一九七三年の東京古典会に出品され、鉄心斎文庫の所蔵となった。この十一点は購入時から揃いの白い和紙に包まれていたが、このうちの一部には、ドイツ語が記された、後述のような手書きメモやカードが付されていて注目される。これらは、日本を愛したドイツ人、フリッツ・ルンプがドイツに持ち帰った、大量の伊勢物語の一部であると考えられる。

フリッツ・ルンプの略歴1——はじめての来日

フリッツ・ルンプは、十五世紀までさかのぼる名家ルンプ一族の一人として、明治二十一年（一八八八）、ベルリン近郊で生まれた。同じくフリッツ・ルンプと名乗った父は、当地では有名な画家であった。一八九五年、ルンプ七歳の時から、一家はベルリン郊外、ポツダムの湖畔に美しい邸宅を建てて暮らしたが、そこは

図9　ルンプ旧邸

多くの芸術家が集まる一種のサロンにもなっていた。一見して小さな宮殿のようにも見えるその豪華な邸宅は、時代の変転をくぐり抜け、現在もその地に残り、デザイナーの事務所として使われている（図9）。ルンプは、当時盛んだったジャポニズム▲に影響され、現地に滞在していた日本軍人から日本語を学んだようだが、語学以外の学業は苦手で、大学進学を断念してベルリンの王立美術学校に入学した。同時に、裕福な家庭に育ったルンプは、多額の費用が必要だが自分で勤務地が選べる一年志願兵として入隊、兵役の地として、日本にもっとも近い、当時ドイツの租借地であった中国・青島《チンタオ》を選んだ。そして兵役終了後、二十歳のルンプは上海を経て、明治四十一年（一九〇八）十月、はじめてあこがれの日本を訪れたのである。

来日後、彼は日本の伝統的版画を学ぶために、木版彫刻師伊上凡骨《いがみぼんこつ》▲に弟子入りする。凡骨は、雑誌『明星』の表紙や夏目漱石の『こゝろ』の装丁を手がけるなど、多方面の活躍で知られる人物である。その生涯については、盛厚三氏『木版彫刻師　伊上凡骨』（財団法人徳島県文化振興財団・徳島県立文学書道館・ことのは文庫、二〇一一年）に詳しく記されている。名人芸的な腕を持ちながらさまざまな奇行で知られ、また与謝野鉄幹・晶子夫妻や吉川英治など、多くの文学者や画家と親しい交わりを持っていた伊上凡骨の弟子となったことは、ルンプのその後

ジャポニズム　十九世紀後半から二十世紀初頭にかけて、日本の美術工芸品が、西洋の美術、工芸、装飾などの幅広い分野に影響を与えた現象。

伊上凡骨　明治八年（一八七五）―昭和八年（一九三三）。

に、さまざまな面で大きな影響を与えた。

凡骨に導かれて、ルンプはさまざまな人々と出会うことになる。一九〇九年二月、凡骨の仕事場をたずねた東京帝国大学の医学生太田正雄、すなわち木下杢太郎《きのしたもくたろう》は、その日記によれば、そこで「若き独乙人《ドイツ》」ルンプにはじめて会い、彼を「パンの会」に連れて行った。パンの会は、北原白秋、石井柏亭、吉井勇などが中心になって、若い芸術家の月二回の交流の場として始められたもので、その日はまだ四回目であった。これ以後、ルンプはパンの会の常連となり、参加者の日記や書簡にその名が頻繁に記されるようになる。画家としても活躍し、パンの会の参加者が関わっていた『スバル』『方寸』『屋上庭園』などの雑誌には彼の版画が数多く載せられている（図10・11）。

木下杢太郎　明治十八年（一八八五）—昭和二十年（一九四五）。詩人、劇作家、医学者。

北原白秋　明治十八年（一八八五）—昭和十七年（一九四二）。詩人、童謡作家、歌人。

石井柏亭　明治十五年（一八八二）—昭和三十三年（一九五八）。版画家、洋画家、美術評論家。

吉井勇　明治十九年（一八八六）—昭和三十五年（一九六〇）。歌人、劇作家。

図10・11　ルンプ作の版画　上：「海辺の漂泊者」　下：「Ginza」

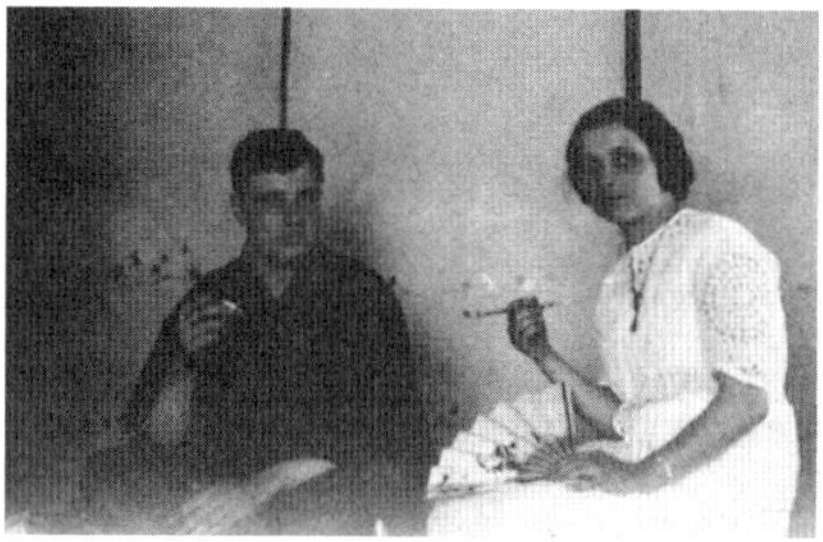

上：図12　ルンプと来日した婚約者アリス
左：図13　俘虜収容所のルンプ（右側）

明治四十二年（一九〇九）十月二十七日、ルンプは帰国の途に就き、横浜から客船伊予丸で日本を離れた。短い期間だったが、ルンプにとっては実り多く、また、日本の芸術家たちにも深い印象を与えた滞在だった。

フリッツ・ルンプの略歴2——俘虜収容所

大正元年（一九一二）の末、ルンプは青島で予備役の訓練を受けるよう命ぜられ、翌年三月、再び日本を訪れる。ルンプは今回の来日直後に知人に日本での就職を依頼しており、予備役訓練をすませた一九一四年には恋人であった後の夫人アリス・ヘラーを呼び寄せて、日本での結婚と永住を考えていたようである。ところが、同年七月、第一次世界大戦が勃発、ルンプはアリスと再会した直後、急遽青島のドイツ軍に召集されることになり、アリスはわずか一週間で日本を離れなければならなかった（図12）。

八月、日本は突如ドイツに宣戦布告して青島に侵攻、六十七日の戦闘の後、ドイツ軍は降伏して四千七百の兵士が捕虜となり、日本の俘虜《ふりょ》収容所に入れられた。幸いにも生き残ったルンプは当初、熊本俘虜収容所に入った。比較的自由な生活が保障され、ときには外出も許される俘虜生活だったが、第一次世界大戦は予想外に長く続き、ルンプは以後五年間に及ぶ収容所生活を送ることになる（図13）。

熊本で一カ月すごした後、ルンプは新しく作られた大分《おおいた》俘虜収容所に移された。この大分時代に、ルンプは、収容所の様子を描いて洒脱《しゃだつ》なドイツ語の文章を添えた『大分黄表紙《おおいたきびょうし》』(Das Oita-Gelb-Buch) の刊行を計画するが、実際に刊行することができたのは大正八年(一九一九)の習志野《ならしの》俘虜収容所への移動後であった。『大分黄表紙――鉄条網患者のための本』と名付けられたこの本は習志野俘虜収容所の輪転機で印刷され、印刷後に彩色が施されてもいる。内容はまことに興味深く、俘虜自身によって執筆・刊行された収容所についての洒脱な絵入り文集として、文化史的にも美術史的にも貴重な資料である(図14・15)。これを「黄表紙▲」と名付けたルンプの江戸文化への造詣《ぞうけい》には驚かされるが、酒についての話題も多く含まれているようであり、吉原にも詳しかったというルンプならではの命

黄表紙　江戸時代後期に出版された、大人むけの草双紙(絵本)。

図14　『大分黄表紙』表紙

図15　『大分黄表紙』本文と挿絵

名であったと言えよう。

フリッツ・ルンプの略歴3——結婚とベルリン日本研究所

一九一九年十二月、ようやく収容所から解放されたルンプは、日本永住を断念して帰国し、三十二歳でアリス・ヘラーと結婚、一九二一年には長女マリアンネが生まれている。一九二六年にはベルリンの日本研究所（Japaninstitut Berlin）の所員になり、翌一九二七年には助手となった（図16）。

図16　ベルリン日本研究所　左から２人目がルンプ

この一九二七年、ルンプは、日本研究所とベルリン美術図書館に依頼されて、絵入り本、木版画購入のため三度目の来日を果たしている。この時のできごととして、ルンプが岩佐又兵衛の絵巻『山中常盤《やまなかときわ》』を二万五千ドルで購入しようとし、流出を阻止するため家財をなげうって購入資金を捻出した長谷川巳之吉《みのきち》にはばまれた話が伝わるが、そこでは彼は日本の文化財を海外に持ち出そうとする、いわば悪役であり、怪しい人物でもあるかのように「ルンプというドイツ人▲」と呼ばれている。この話からは、ルンプがかなり高額の購入資金を託されていた様子がうかがわれる。その資金を使ってどのような絵入り本が購入され、ドイツに持ち帰られたのか、具体的な記録は何

ルンプというドイツ人　辻惟雄氏『岩佐又兵衛——浮世絵をつくった男の謎』（文藝春秋社、二〇〇八年）。

図17 *Das Ise Monogatari von 1608*

も残されていないが、後述する彼の伊勢物語版本研究との関わりからも興味深い。

伊勢物語版本研究書“*Das Ise Monogatari von 1608*”の刊行

昭和六年（一九三一）、四十三歳のルンプは伊勢物語版本研究の書である“*Das Ise Monogatari von 1608*”（一六〇八年刊行の伊勢物語）を、ベルリンのヴュルフェル社から刊行した（図17）。同書はルンプの学位論文を出版したものだったが、好評だったらしく、翌年、同じヴュルフェル社から、正誤表や補足を付けて再版されている。本文五十九頁に十六頁の図版が付いた、縦二六・七センチ、横二〇・六センチの本。表紙はルンプ自身のデザインによるものらしく、下部の出版社名の中央には「宝書林」と読める篆刻《てんこく》の印が大きく押された形になっている。“*Das Ise Monogatari von 1608*”という書名と下部の篆刻印だけが赤色で印刷されていて、しゃれた趣向を見せている。

書名をいま“*Das Ise Monogatari von 1608*”と紹介したが、表紙を見ると、実は題名はさらに黒字のサブタイトルに続いていて、すべてあげると、“*Das Ise Monogatari von 1608 und sein Einfluss auf die Buchillustration des XVII. Jahrhunderts in Japan*”すなわち「一六〇八年刊行の伊勢物語、および一七世紀日本の挿絵に対するその影響について」ということになる。著者名の下には

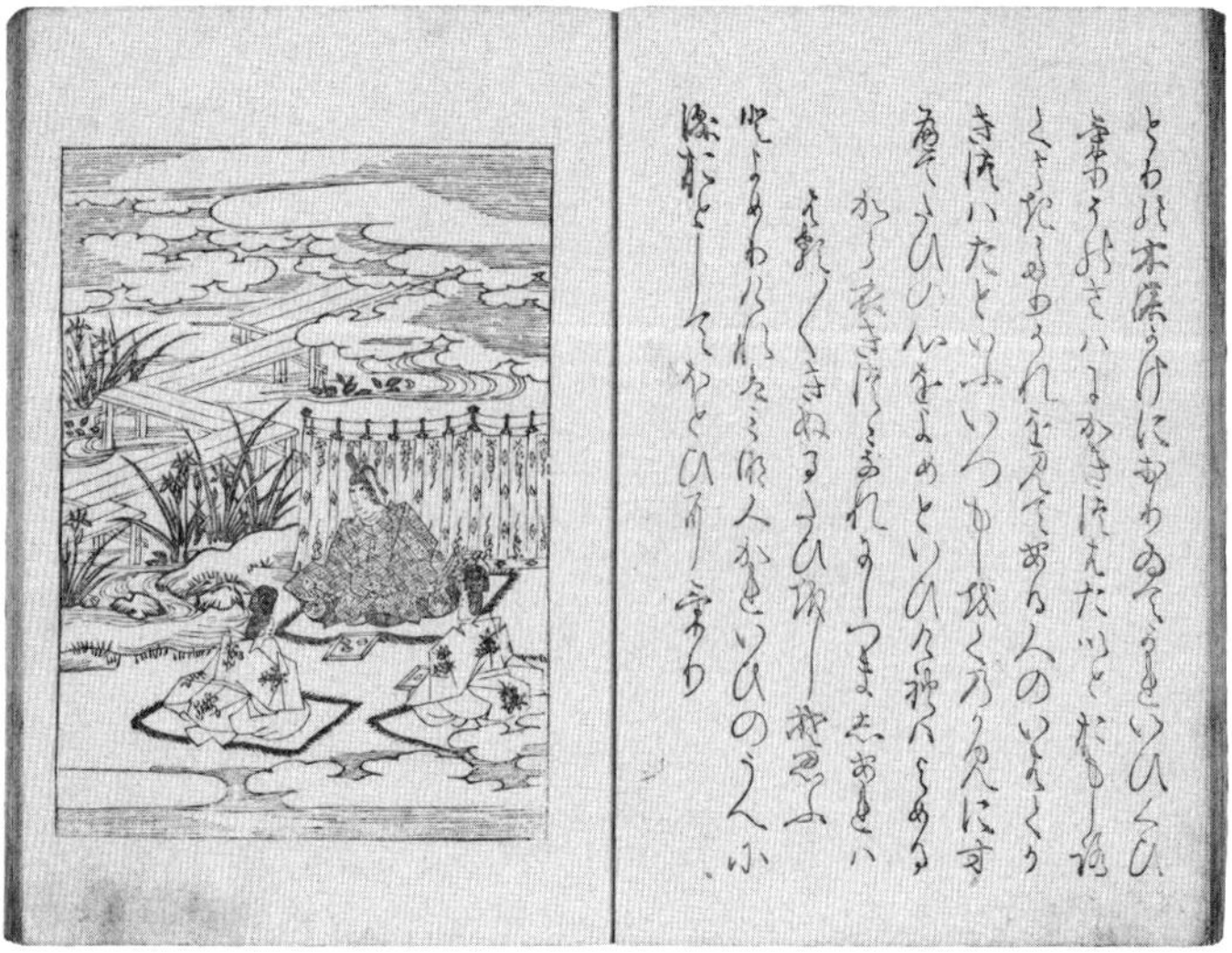

図18　嵯峨本伊勢物語の絵と文章

"herausgeben vom Japaninstitut Berlin"、つまり「ベルリン日本研究所編」と記されている。

書名になっている「一六〇八年刊行の伊勢物語」とは、慶長十三年（一六〇八）に刊行された、いわゆる「嵯峨本《さがぼん》伊勢物語」（図18）のことである。日本でも印刷は古くからおこなわれていたが、伊勢物語や源氏物語のような娯楽的、遊興的な作品は印刷の対象とされたことがなく、すべて写本によって伝えられてきた。その伊勢物語をはじめて版本として印刷・刊行したのが「嵯峨本伊勢物語」であった。同書は本文に木製の古活字を用い、しかも、ルンプが注目しているように、上下二冊に四十九枚の挿絵を入れた絵入り本であった。この「嵯峨本」自体は贈呈用の非売品だったと思われるが、やがて一枚の版木に本文を彫り出した整版による版本が商品として次々と出版され、伊勢物語は商業出版の時代を迎える。それら数多くの版本の初期のものは、特にその挿絵が「嵯峨本伊勢物語」をほぼそのまま模倣しており、やがてそこにさまざまな趣向が加えられるようにはなるが、元禄（一六八八一七〇四）以前に出版されたものの多くの挿絵は、やはり「嵯峨本」の強い影響から脱していない。

ちなみに、この研究書の、さきに見たサブタイトルも含めた表題は、対象を伊勢物語だけに限定していない。ここでは、このような「嵯峨本」の強い影響が、伊勢物語版本という範囲を超えて、さまざまな版本の挿絵全般を含め、さらに幅広く探究されているのである。

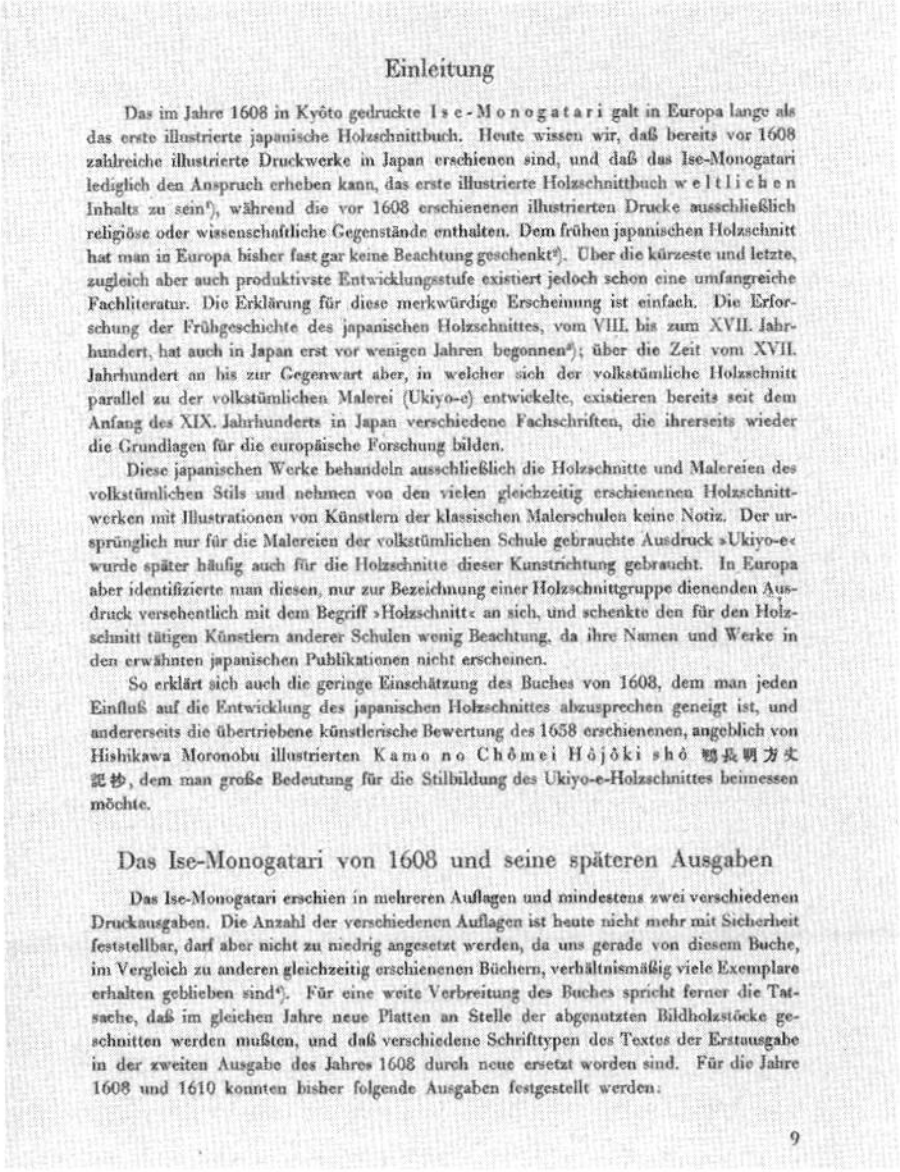

Einleitung

Das im Jahre 1608 in Kyôto gedruckte Ise-Monogatari galt in Europa lange als das erste illustrierte japanische Holzschnittbuch. Heute wissen wir, daß bereits vor 1608 zahlreiche illustrierte Druckwerke in Japan erschienen sind, und daß das Ise-Monogatari lediglich den Anspruch erheben kann, das erste illustrierte Holzschnittbuch weltlichen Inhalts zu sein[1]), während die vor 1608 erschienenen illustrierten Drucke ausschließlich religiöse oder wissenschaftliche Gegenstände enthalten. Dem frühen japanischen Holzschnitt hat man in Europa bisher fast gar keine Beachtung geschenkt[2]). Über die kürzeste und letzte, zugleich aber auch produktivste Entwicklungsstufe existiert jedoch schon eine umfangreiche Fachliteratur. Die Erklärung für diese merkwürdige Erscheinung ist einfach. Die Erforschung der Frühgeschichte des japanischen Holzschnittes, vom VIII. bis zum XVII. Jahrhundert, hat auch in Japan erst vor wenigen Jahren begonnen[3]); über die Zeit vom XVII. Jahrhundert an bis zur Gegenwart aber, in welcher sich der volkstümliche Holzschnitt parallel zu der volkstümlichen Malerei (Ukiyo-e) entwickelte, existieren bereits seit dem Anfang des XIX. Jahrhunderts in Japan verschiedene Fachschriften, die ihrerseits wieder die Grundlagen für die europäische Forschung bilden.

Diese japanischen Werke behandeln ausschließlich die Holzschnitte und Malereien des volkstümlichen Stils und nehmen von den vielen gleichzeitig erschienenen Holzschnittwerken mit Illustrationen von Künstlern der klassischen Malerschulen keine Notiz. Der ursprünglich nur für die Malereien der volkstümlichen Schule gebrauchte Ausdruck »Ukiyo-e« wurde später häufig auch für die Holzschnitte dieser Kunstrichtung gebraucht. In Europa aber identifizierte man diesen, nur zur Bezeichnung einer Holzschnittgruppe dienenden Ausdruck versehentlich mit dem Begriff »Holzschnitt« an sich, und schenkte den für den Holzschnitt tätigen Künstlern anderer Schulen wenig Beachtung, da ihre Namen und Werke in den erwähnten japanischen Publikationen nicht erscheinen.

So erklärt sich auch die geringe Einschätzung des Buches von 1608, dem man jeden Einfluß auf die Entwicklung des japanischen Holzschnittes abzusprechen geneigt ist, und andererseits die übertriebene künstlerische Bewertung des 1658 erschienenen, angeblich von Hishikawa Moronobu illustrierten Kamo no Chômei Hôjôki shô 鴨長明方丈記抄, dem man große Bedeutung für die Stilbildung des Ukiyo-e-Holzschnittes beimessen möchte.

Das Ise-Monogatari von 1608 und seine späteren Ausgaben

Das Ise-Monogatari erschien in mehreren Auflagen und mindestens zwei verschiedenen Druckausgaben. Die Anzahl der verschiedenen Auflagen ist heute nicht mehr mit Sicherheit feststellbar, darf aber nicht zu niedrig angesetzt werden, da uns gerade von diesem Buche, im Vergleich zu anderen gleichzeitig erschienenen Büchern, verhältnismäßig viele Exemplare erhalten geblieben sind[4]). Für eine weite Verbreitung des Buches spricht ferner die Tatsache, daß im gleichen Jahre neue Platten an Stelle der abgenutzten Bildholzstöcke geschnitten werden mußten, und daß verschiedene Schrifttypen des Textes der Erstausgabe in der zweiten Ausgabe des Jahres 1608 durch neue ersetzt worden sind. Für die Jahre 1608 und 1610 konnten bisher folgende Ausgaben festgestellt werden:

9

図19　*Das Ise Monogatari von 1608* 序章

伊勢物語版本研究の先駆者

本書の冒頭、「はじめに」（Einleitung）と題された序章で、ルンプはまず次のように述べている（以下、同書の翻訳は『日本を愛したドイツ人 フリッツ・ルンプと伊勢物語版本』（関西大学出版部、二〇一三年、所収の山本登朗・溝井裕一氏の訳文による）（図19）。

［前略］ヨーロッパでは、初期の日本の木版画はほとんど関心がはらわれてこなかった。それ以後の時代の木版画の創造的な発展については、すでにかな

りの専門書がある。この奇妙な現象を説明するのは簡単である。八—十七世紀の、日本の木版画の原史に関する研究は、日本においてすらここ数年内にはじまったばかりなのである。大衆的な木版画が、大衆的な肉筆画（浮世絵）と並んで発展した十七世紀から現在にいたる期間については、日本では十九世紀初頭からすでにさまざまな専門書が存在している。そしてこれらが、ヨーロッパにおける研究の基礎を成しているのである。［中略］

一六〇八年刊行の伊勢物語が、日本における木版画の発展に影響をおよぼさなかったとして低く評価される一方で、一六五八年に菱川師宣《ひしかわもろのぶ》が版画を担当した絵入り『鴨長明方丈記抄』が過大評価されてきたのには、このような背景があったのである。後者は、浮世絵の様式形成に大きな意味があるとみなされてきた。

ヨーロッパだけでなく日本でも、ブームとなってもてはやされていた浮世絵と比べて、「嵯峨本伊勢物語」に対する評価はまだ不当に低かった。その中でルンプは、伝統版画に対する正確な歴史認識と正しい価値評価によって、「一六〇八年刊行の伊勢物語」すなわち「嵯峨本伊勢物語」の重要性と、その挿絵の持つ高い美的価値を認め、それをはっきりと主張している。タイトルからもすでに明らかなように、そこに本書の主題があった。本書全体の末尾を、ルンプは次のように結んでいる。

願わくばこの論文が、日本と同様ヨーロッパにおいても、一六〇八年刊行の伊勢物語に高い評価が与えられるのに貢献せんことを。

「日本と同様ヨーロッパにおいても」とルンプは言うが、実際には日本でも、嵯峨本に始まる伊勢物語版本の研究は、まだ本格的な段階に達していなかった。池田亀鑑氏の『伊勢物語版本聚影《しゅうえい》』に多数の版本の写真が掲載され『伊勢物語に就きての研究』（研究篇）の別冊付録として刊行されたのは、*"Das Ise Monogatari von 1608"*（一六〇八年刊行の伊勢物語）の三年後、昭和九年（一九三四）のことである。日本の研究と比較しても、ルンプの研究は、ほとんど誰にも知られることなく、時代を超え、時代を先取りしていたのである。

ちなみに、ルンプは、*"Das Ise Monogatari von 1608"* が再版されたのと同じ一九三二年に、*"Sharaku"*（写楽）という本を刊行するなど、浮世絵にも深い造詣と興味を持っていた。

ルンプの研究を支えたもの

ルンプがこのように、「嵯峨本伊勢物語」の評価という、時代を先取りした主張を自信を持って述べることができた、その背景に、二つの重要な要素があったことを忘れてはならない。その一つは、ルンプが最初の訪日の際に、日本の伝統的な木版技術の名手であった伊上凡骨に弟子入りし、実作者としての腕を磨くとともに、その実作者の目で日本の版本の歴史を見ていたと考えられることである。単なる鑑賞者の目ではなく、実作者の鋭い目で、ルンプはきわめて多くの古典木版画を、自分の実作のためにも見たと思われるが、それが、本書で示されているさまざまな判断における自信につながっていると考えられる。

そしてもう一つの要素は、ルンプの多くの判断が、当該する版本そのものの自由な調査に基づいてなされているのではないかと考えられることである。つまり、本書の記述からは、ルンプは問題になる版本のほとんどを自分の手元に所持し、実物を見ながら論を進めているように見えるのである。さきに見たように、ルンプは昭和二年（一九二七）に、自分自身が勤務する日本研究所とベルリン美術図書館に依頼されて、絵入り本、木版画購入のために来日している。その際に何が購入されたかは不明だが、おそらくは多量の『伊勢物語』版本、そしてそれ以外のさまざまな絵入り版本がドイツに持ち帰られ、ルンプの研究に役立ったのでは

本阿弥光悦　永禄元年（一五五八）―寛永十四年（一六三七）。江戸時代初期の書家、陶芸家、芸術家。

ないかと推定される。

日本では以前から、「嵯峨本伊勢物語」の文字、挿絵、料紙のそれぞれについて、それらを本阿弥光悦《ほんあみこうえつ》▲の手になるものと考える、ひとつの「伝統的見解」が、確かな裏付けもなく語られ続けてきた。ルンプは、嵯峨本と呼ばれる多くの種類の本を比較対照することによって、その「伝統的見解」の当否を明らかにしようと考え、『観世流謡本《かんぜりゅうたいぼん》』『久世舞《くせまい》三十曲本』『方丈記』『扇の草子』など、対象になる本三十種を列挙して検討している。しかもその一つ一つの本の異版についても、ルンプは詳しく記述しているのである。現在の研究から見れば不十分、または不適切な記述も散見するが、それについては現代と当時の情報量の違い、そしてこれがドイツでなされた仕事であることを考慮しなければならない。

四十一種類の整版本伊勢物語

"*Das Ise Monogatari von 1608*" の主題があくまでも「嵯峨本伊勢物語」そのものにあることは、もはや言うまでもないが、本書の内容でもっとも注目されるのは、最終章「一六〇八年以降の絵入り伊勢物語」である。そこでは、「嵯峨本伊勢物語」の影響を受けて出現し刊行され続けたさまざまな整版本伊勢物語が、実に四十一種類も紹介され、しかもその一つ一つについて詳しい記述や分析がなされている。日本でもそれまで、「嵯峨本伊勢物語」と比べてこれら整版本伊勢物語はそれほど高い評価を受けておらず、また、まとまった研究も見られず、前述のように、五十種を超える版本の写真を掲載した池田亀鑑氏の『伊勢物語版本聚影』が昭和九年（一九三四）に刊行されたのが、いわば画期的なことであった。その三年前に、はるかに遠いドイツの地で、「一六〇八年以降の絵入り伊勢物語」は書かれ、本書の巻末には、数多くの写真図版が加えられてもいるのである。

その後のフリッツ・ルンプ

"Das Ise Monogatari von 1608" の最終章「一六〇八年以降の絵入り伊勢物語」に列挙されている四十一種の伊勢物語版本のうち、最後の四十一番目は、実は大正時代に出版された伊勢物語で、竹久夢二《たけひさゆめじ》▲が絵を描き、最初の来日時からルンプと深い交流のあった吉井勇が文章を編纂しているものである（図20）。それについてのルンプの記述を以下に引用しておくが、「部分的に完全に誤解された挿絵」というユーモラスな批評がおもしろい。竹久夢二の同書の絵には、たしかに、伊勢物語の絵なのかどうか判断できないものが数点含まれているからである。

四十一、『伊勢物語』。大正時代における近代版。絵師：竹久夢二、東京。文

竹久夢二　明治十七年（一八八四）—昭和九年（一九三四）。画家、詩人。

東山魁夷　明治四十一年（一九〇八）―平成十一年（一九九九）。画家、著述家。

高浜虚子　明治七年（一八七四）―昭和三十四年（一九五九）。俳人、小説家。

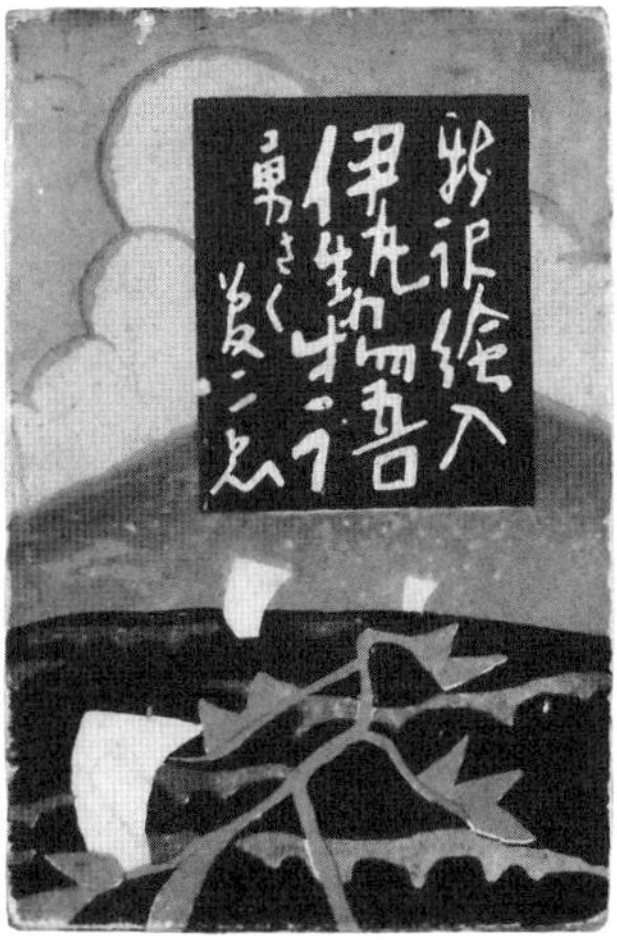

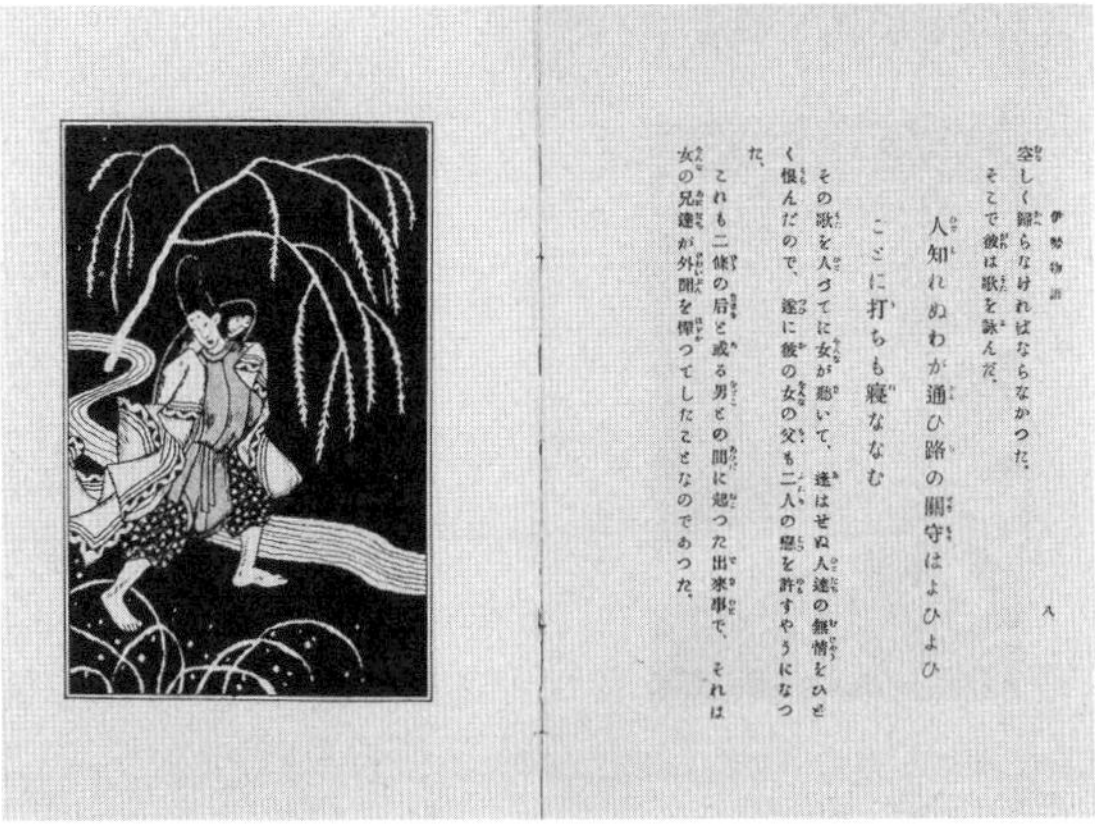

図20　竹久夢二絵の伊勢物語　上：箱　下：見開き

章は吉井勇が編纂。出版社、阿蘭陀《おらんだ》書房《しょぼう》、東京、一九一七年。部分的に完全に誤解された挿絵が示しているように、近代芸術家と古美術の間にはほとんど関係性がない。

『夢二日記』（筑摩書房、一九八七年）によれば、*“Das Ise Monogatari von 1608”*が再版された昭和七年（一九三二）の十月、ルンプはドイツ旅行中の竹久夢二と会い、夕食を共にしてスペイン行きを勧めている。また、東山魁夷《ひがしやまかいい》▲の『僕の留学時代』（日本経済新聞社、一九九八年）によれば、ベルリン留学中の魁夷は、このころルンプの講演を聴いたり講義を受けたりしている。また高浜虚子《たかはまきよし》▲の『渡仏日記』（改造社、一九三六年）によれば、ルンプは昭和十一年にベルリン旅行中の虚子と会い、日本人会の俳句会にも出席している。

このようにさまざまな活躍を見せていたルンプだが、昭和八年にヒットラーが首相となり、ドイツはナチスの時代を迎えていた。やがて昭和十四年に第二次世界大戦が勃発すると、ナチスに嫌悪感を抱いていたルンプも語学力を買われて召集される。昭和二十年の終戦直前に砲撃によって破損したポツダムの自宅は、戦後、ソ連軍の宿舎となり、困難な生活の中で、昭和二十四年、肺を病んでいたルンプは六十一歳の生涯を終えた。ドイツはこの年東西に分けられ、ルンプ家は東ドイツの領域に入り、遺族は西ベルリンに逃れることになる。

昭和六十四年（一九八九）、ドイツのベルリン日独センターで、"Du verstehst unsere Herzen gut — Fritz Rumpf im Spannungsfeld der deutsch-japanischen Kulturbeziehungen"、つまり「お前は熟《よ》くおれ達の心が分かる――日独文化関係の狭間に見るフリッツ・ルンプ」と題された、大規模な展覧会が開催された。「お前は熟くおれ達の心が分かる」というタイトルは、もっとも親しく彼と心を交わした日本の文学者・木下杢太郎がルンプに贈った詩の一節をそのまま使ったものである。この展覧会開催にあわせて、ルンプの版画を表紙にあしらった、二百十頁に及ぶ大部な図録も刊行され、そこにはルンプの長女の民俗学者マリアンネ・ルンプ女史（一九九八年没）をはじめ多くの人々の論考が載せられているが、それだけでなく、参考写真や、すぐれた版画家でもあったルンプの多くの作品がカラー図版として掲載されていて、ルンプを知るうえで貴重な資料となっている(図21)。マリアンネ・ルンプ女史は同様の回顧展を日本でも開きたいという意向を持っていたが、それはついに実現しなかった。ドイツ国内ではそれなりに正しく評価されている、この異色のドイツ人日本文化研究者の名は、日本では不思議なことに、まったくと言っていいほど知られていないのである。

図21　ルンプ回顧展図録

ルンプが見た伊勢物語版本の行方1——ルール大学ボッフム校現蔵本

ルンプが日本で購入して持ち帰り、手元に置いて詳しく検討した四十一種類の伊勢物語版本は、その後どこへ行ったのだろうか。第二次世界大戦の混乱を経て、無事に現存しているのだろうか。

ルンプはベルリンの日本研究所の助手となり、同研究所やベルリン美術図書館に依頼されて浮世絵等の購入をしている。ルンプが研究に用いた本も日本研究所に所蔵されていた可能性が高い。日本研究所は、第二次世界大戦中の破壊・焼失は免れたが、疎開していたものも含め、多くの蔵書・資料を失い、その三分の二は現在も所在不明だと言われる。一部は昭和十九年(一九四四)はじめに旧東独

図22　日本研究所受入印

チューリンゲンのヴァイセンブルク城に疎開したが、アメリカ軍に没収され、後にルール大学ボッフム校に返還された。また、ソ連軍に没収されたものはいまだに行方不明とのことである。つまり、ルンプ調査本で日本研究所に入った版本が現存している可能性がもっとも高いのはボッフム校である。

国文学研究資料館のホームページで公開されている「コーニツキー・欧州所在日本古書総合目録データベース」を「伊勢物語／ドイツ・ルウル大学（ボッフム）」で検索すると、十三点の伊勢物語版本が検索される。このうちの二点（ボッフム旧請求記号C/fb/82慶安四年刊本と同C/fb/83寛文九年刊本）は、国文学研究資料館にマイクロフィルムがあり、その双方にボッフムの蔵書印とは別に“Japaninstitut”という日本研究所の蔵書印（受入印）が確認される（図22）。このうち寛文九年（一六六九）刊本には、正方形の一辺約三センチの単郭に、“Japaninstitut / Bücherei / Zugang : Kauf / No. 2969 Dat. 16. 7. 28”とある。“Kauf”“2969”“16. 7. 28”の部分は手書きで、その他の部分はブロック体の活字である。一九二八年七月十六日は、まさにルンプが日本で資料を収集してドイツに帰国した時期と一致する。

昭和五十年（一九七五）にルール大学客員教授としてボッフムに滞在していた国語学者の築島裕氏は、「ドイツ及び欧洲諸国の和書寸見」（『大坪併治教授退官記念国語史論集』、表現社、一九七六年）に、「ボッフム・ルール大学東亜学部図書館所蔵和古書」の詳しい書誌を記している。そして、「本図書館の蔵書の内、大部分は近年日本や中国等で購入したものであるが、若干のものは戦前ベルリンに在った日本研究所（Japaninstitut）の蔵書だったものである。写本・古版本の大部分は、実はこの日本研究所の旧蔵書なのである」と記し、さらに「殊に目立つのは伊勢物語の写本一点刊本十六点（内一点は闕疑抄《けつぎしょう》）」として、「伊勢物語の写本・刊本について」を別立てにして記述し、その後に次のように記している。

以上の諸本を通覧するに、Japaninstitut の登録番号に併記された登録日附が、（二）は記載がないが、他はすべて一様に「Kauf 16. 7. 28」（昭和三年七月十六日購入）とあるので、この折に一括して購入登録されたことを知る。同日附の書は他にも多いので、この折に大量に収蔵されたことが判るが、伊勢物語のやうに同書多部数のものは見当らず、意図的に蒐集したのか、又は何か他の事情があったのか知りたい所であるが、今の所詳にする術も知らない。

これらの本は、ルンプが日本で買い集め博士論文を書くために用いた伊勢物語版本であり、それが日本研究所崩壊を経て戦後ボッフムに所蔵されたものであろうかと思われるが、築島氏がこれに気づかなかったのは、昭和五十年当時ボッフムにおいてもルンプのことを語る人がいなかったためであろう。

ボッフムでの調査――虫に感謝!

平成二十四年(二〇一二)九月、ルンプ旧蔵本の行方を追っていた関口一美氏と私は、簗島氏が報告した伊勢物語版本を、ルール大学ボッフム校で実際に調査する機会を得て、十六点のうち十二点の伊勢物語版本を閲覧することができた。それらすべてには前述の日本研究所の受入印が押してあり、そこには簗島氏の指摘どおり、一律に"Dat. 16. 7. 28"の日付があった。一部の蔵書には、Japaninstitutの長い正式名称が記された別のスタンプも押されていた。これらはルンプが日本からドイツに持ち帰りベルリン日本研究所に所蔵されていた本であり、かつルンプが"*Das Ise Monogatari von 1608*"執筆のために使用した本でもある可能性がきわめて高かったが、版本は印刷された書物であり、これがルンプ使用書と同一の本であることを証明するのは容易ではない。その可能性を確実なものに変えた大きな手がかりのひとつが、虫食いであった。ボッフム蔵 Kraft 93(延宝二年中院通村交合奥書本)と Kraft 99(祐信画、宝暦六年印、美濃屋)に見える虫損の穴が、"*Das Ise Monogatari von 1608*"掲載の図版の虫食いの穴と完全に一致したのである(図23)。そのことに気づいて大声を上げた私に、ボッフム校のマチアス教

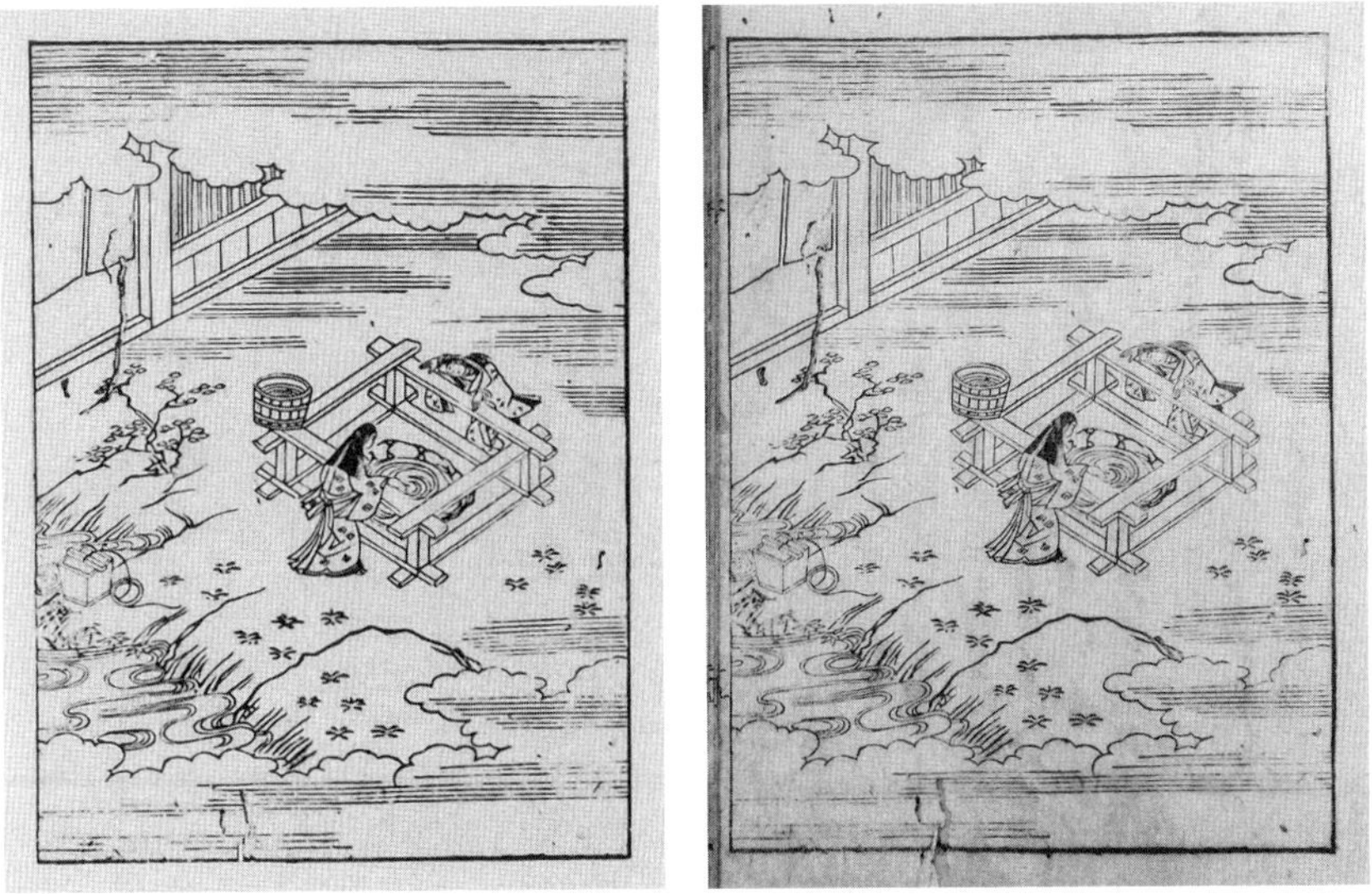

図23　右：ボッフム本の虫食い　左：ルンプ図版の虫食い

授が「虫に感謝ですね！」と日本語で声をかけてくれたことを今でも忘れない。これらは間違いなく、ルンプの先駆的研究を支えた伊勢物語版本そのものだったのである。

ルンプが見た伊勢物語版本の行方2——鉄心斎文庫本

本章冒頭で述べたように、鉄心斎文庫の所蔵書には、ドイツ人フリッツ・ルンプの旧蔵書と思われる十一点の版本が含まれている。その書目を次に列挙しておく。

⑮伊勢物語増選抄（第二版・無年記本）《九八—五八二》（図24）
⑯伊勢物語（元禄十七年刊本）《九八—五八三》（図25）
⑰伊勢物語大成（元禄十年刊本）《九八—五八四》
⑱新版絵入伊勢物語（宝永二年刊本）《九八—五八五》
⑲新版絵入伊勢物語（再版・無年記本）《九八—五八六》
⑳古今和歌伊勢物語（元禄十二年刊本）《九八—五八七》
㉑伊勢物語（明和八年刊本）《九八—五八八》

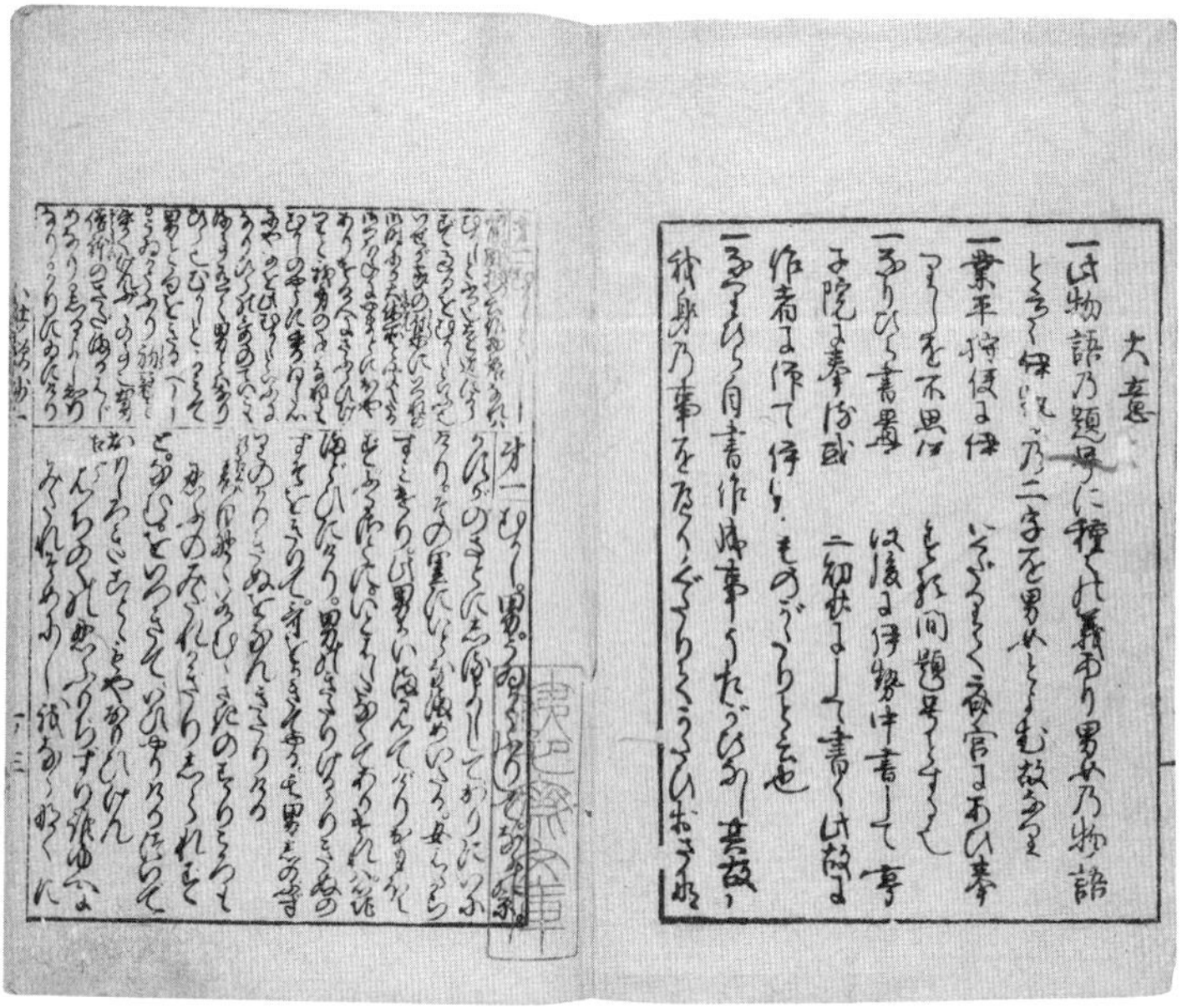

図24　伊勢物語増選抄　冒頭部分

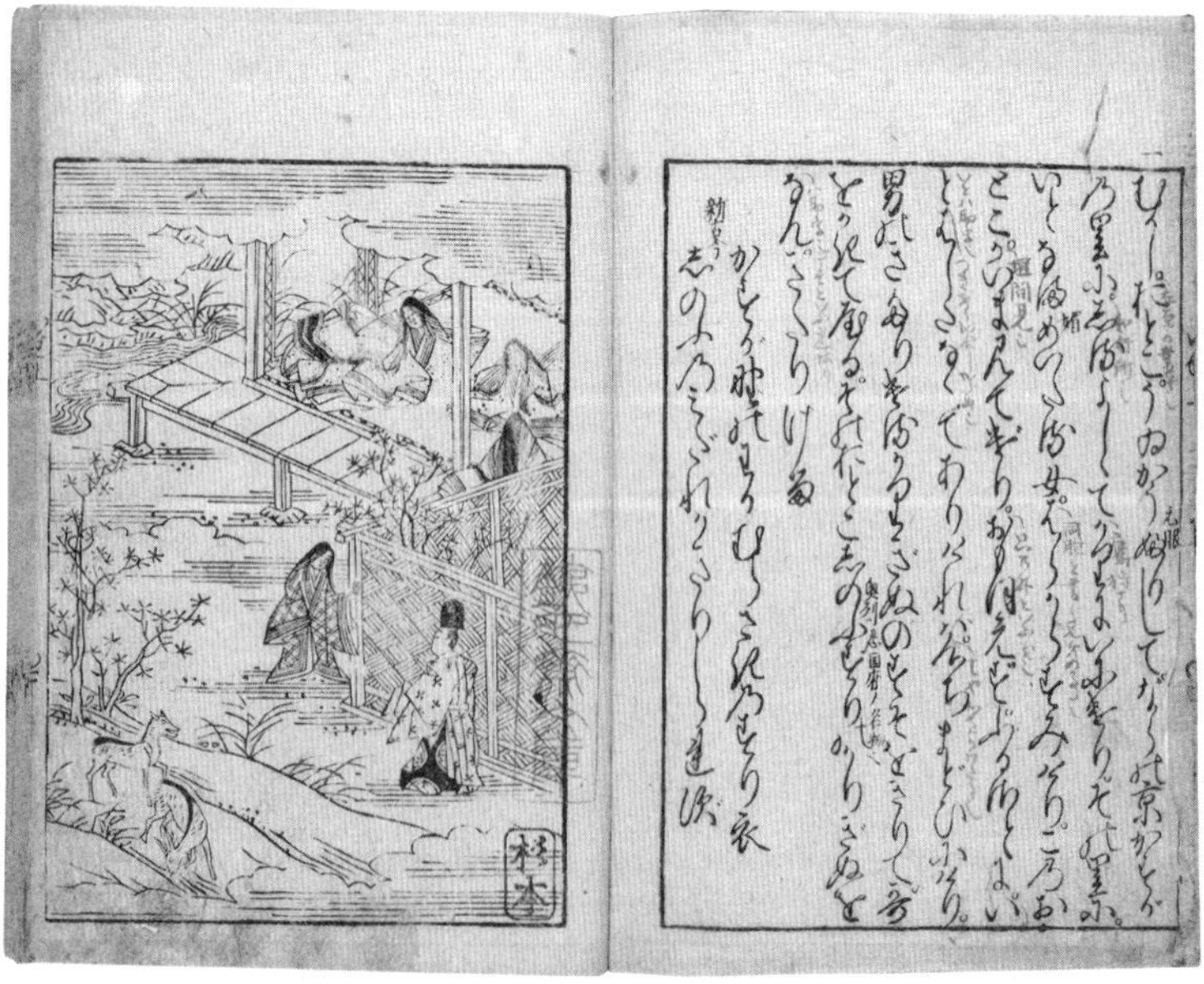

図25　伊勢物語（元禄17年刊本）　冒頭部分

㉒新版絵入伊勢物語（寛文二年刊本）《九八―五八九》
㉓絵入伊勢物語（宝暦六年刊本）《九八―五九〇》
㉔伊勢物語（寛永六年刊本）《九八―五九一》
㉕伊勢物語（寛永二十年刊・後印無刊記絵無本）《九八―五九二》

前述のように、この一群の版本の一部には、ドイツ語が記された三種類のカードやメモが添えられている。

まず、⑮⑯㉒には、少し日焼けした目録カードの反古《ほご》（七・五×一二・三センチ）を使ったメモが一枚ずつ添付されている（図26）。このカードの表側は三枚とも、左上の請求記号を記入するような欄に Abt. / Nr. / Bde. の文字が、また下部には Ort Verl. Aufl. Jahr S. Format の文字があらかじめ印刷されており、伊勢物語ではない和書の書名・著者名がそれぞれ手書きされている。これらはベルリンにあった日本研究所で使われていた目録カードの反古である可能性もあるが、現時点では確認できない。それらのウラには伊勢物語版本の詳細な書誌事項が黒に近いインクで書かれている。版心の図や本の寸法を含み、漢字表記もある。㉒付属のカードにはそのオモテに、波、流水、遠景の松、桜や梅の木など、伊勢物語版本の挿絵を見て描いたような絵が記されている。

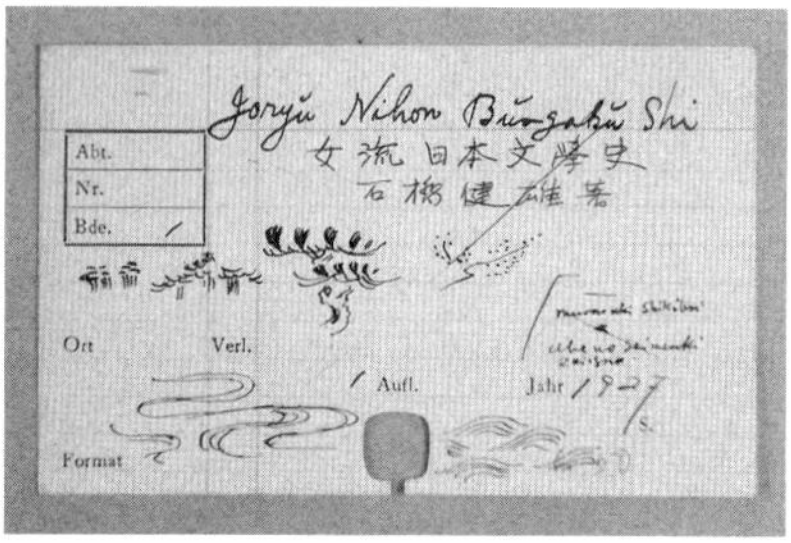

図26　新版絵入伊勢物語（寛文２年刊本）添付のカード

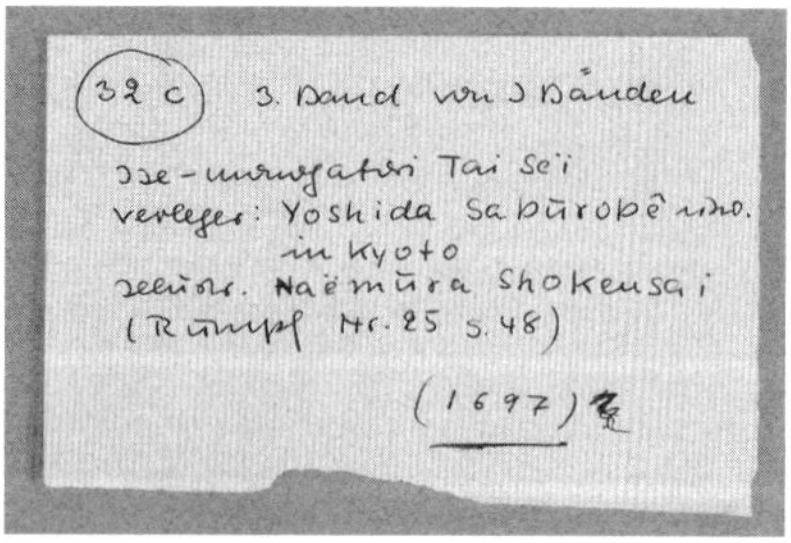

図27　伊勢物語増選抄添付のメモ

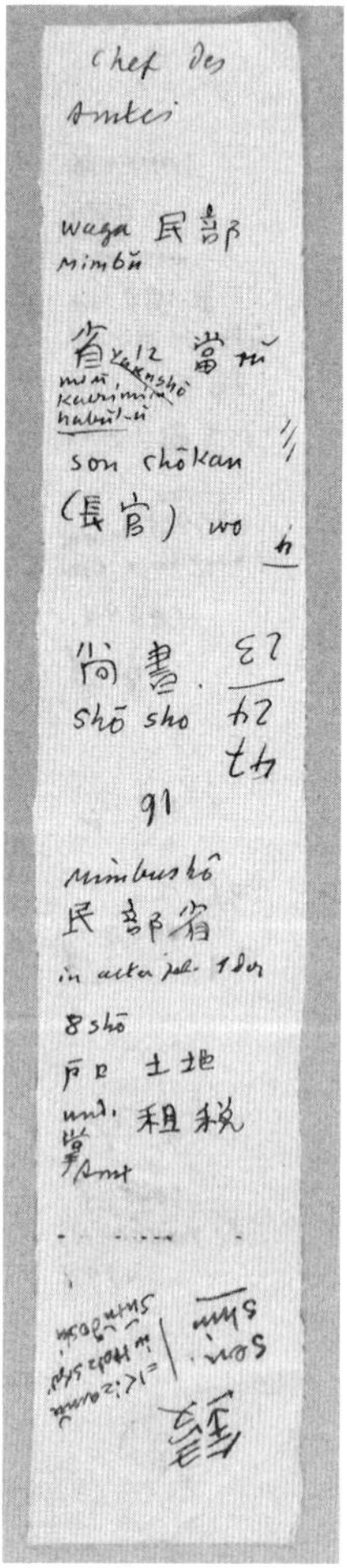

図28　新版絵入伊勢物語（寛文２年刊本）添付のメモ

これとは異なる、白い洋紙にブルーインクで書かれた書誌事項のメモが、⑮⑯⑰⑱⑲⑳㉓㉕に添付されている（図27）。これらには書誌事項とともに"Rumpf Nr. 25 S. 48"などという記述が見られる。これは、"*Das Ise Monogatari von 1608*"

における伊勢物語版本番号とその掲載頁である、すなわちこれらのメモからは、これらの伊勢物語版本を所蔵していた人物がルンプの研究を参照していた様子がうかがわれるのである。

これらとは別に、漢字の読みや字形を研究したメモも⑰㉒から二枚発見された（図28）。伊勢物語以外の内容も含まれるが、㉒に挟まれていた細長いメモには、「尚書　Shō sho」「鋟　sen shin」など、ルンプが“*Das Ise Monogatari von 1608*”の正誤表に取り上げた字が見られ、⑰に添う小さい紙片（ドイツ語の印刷紙）の裏には「艸田」「才　木 moku 子 shi」などの字が書かれている。

これら十一点には、ボッフム校現蔵書に押されていたような日本研究所の受入印は見られないが、虫食いや墨よごれなどの一致から、これらの大部分もまた、ルンプが“*Das Ise Monogatari von 1608*”執筆のために用いた本であったことが知られる。これらは、おそらくはルンプが個人的に所蔵していたもので、その没後売却されたものかと思われるが、大戦後の混乱をくぐり抜け、ボッフム校現蔵書とは違った形の流転を経て、今こうして日本に帰り、鉄心斎文庫のコレクションの一部となっているのである。

ちなみに、これ以外のルンプ旧蔵伊勢物語版本の行方は、今のところ不明である。▲

フリッツ・ルンプと旧蔵伊勢物語版本　フリッツ・ルンプの伝記については、盛厚三氏「フリッツ・ルンプ物語——日本美術文化研究家・波乱の生涯」（『日本を愛したドイツ人フリッツ・ルンプと伊勢物語版本』、関西大学出版部、二〇一三年、所収）、ルンプが見た伊勢物語版本の探索については、関口一美氏「“*Das Ise Monogatari*” の書誌的利用とルンプが調査した伊勢物語版本の行方」（同書所収）によるところが大きい。

三 さまざまな流転、さまざまな変転

ご神体となった伊勢物語

伊勢物語の写本には、親や祖先の遺品、ないしは遺墨としてその子孫に伝えられたものがしばしば見られる。そのようなもののなかにあって、次の本はいささか特異な例と言ってよい。

㉖黒田長興《くろだながおき》▲筆本　《九八―一二五〇》（図29・30）

この本は、縦八・九センチ、横九・五センチの、非常に小さい枡形本《ますがたぼん》▲で、定家風の字体、いわゆる定家様で書かれている。巻末に筆者名は記されていないが、本書が収められた桐箱の蓋には、藤巴《ふじともえ》の紋が描かれ、「長興公御自筆」という墨書のほか、「折本伊勢物語り」「御神体奉祈之事」とも記されている。さらに、その箱には、明らかに蓋が竹（または木）の釘で釘づけされていたことを示す釘穴と釘の一部が残されており、側面には蓋と身にわたる割り印が押されていて、封

黒田長興　慶長十五年（一六一〇）―寛文五年（一六六五）。

枡形本　正方形、または正方形に近い形の本。物語や和歌の写本に多い。

黒田長政　永禄十一年（一五六八）—元和九年（一六二三）。

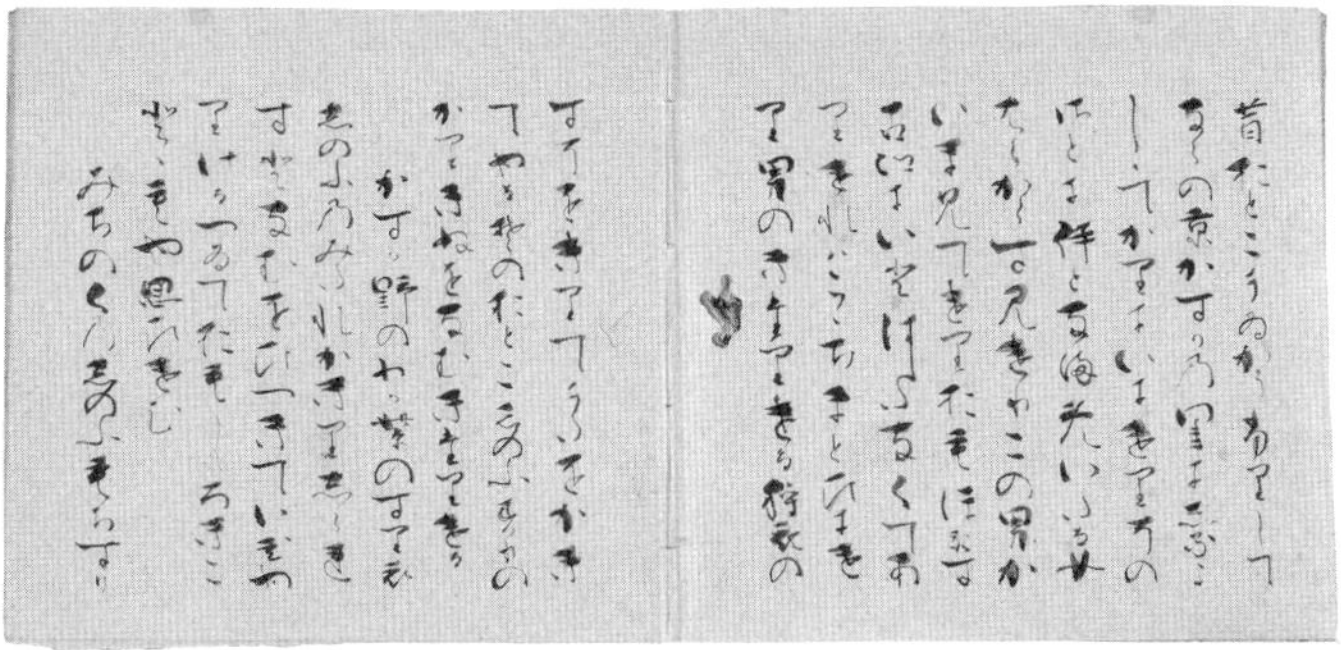

上：図29　黒田長興筆本冒頭
下：図30　黒田長興筆本の木箱表面

印の意思が示されている。

長興は黒田長興のことかと考えられる。黒田長興は福岡藩藩祖長政▲の子。第三子であったが長政の遺言によって分封され、筑前秋月《あきづき》藩五万石の初代藩主となり、英明な君主として藩の基礎を築いた藩祖である。桐箱に描かれていた藤巴は、秋月黒田家の家紋であった。「折本伊勢物語り」の「折本」とは、この本の装丁である列帖装を言うと考えられるが、注目されるのは「御神体奉祈之事」という墨書である。これは「ゴシンタイコレヲイノリタテマツルコト」と読むべきかと思われるが、これによればこの書は、桐箱に密封されたまま「ご神体」とされ、藩祖の身代わりのように祀られていたと推測される。伊勢物語の写本がそのように扱われた例は他に知られておらず、伊勢物語享受史のなかでもこの本は特異な扱いを受けた事例であると言ってよい。

この桐箱に密封された伊勢物語は、どんな場所でどのように祀られていたのだろうか。また、なぜこの伊勢物語でなければならなかったのだろうか。黒田長興は没後二百年を迎えようとする安政六年（一八五九）に垂裕《すいよう》明神の神号を与えられ、秋月の垂裕神社に祀られることになったが、そのこととこの桐箱はどう関わっているのだろうか。詳細はすべて不明である。かつてこの本は密封後一度も木箱から取り出されることなく祀られてきたと思われる。ところがやがて、そのようなかたちを守ってきた社会制度や、それを支えていた価値観も変容して、密封されていた桐箱の蓋は開かれ、さまざまな流転を経て、この本はいま鉄心斎文庫に入っていると考えられるのである。

江戸時代に伊勢物語が享受されたさまざまな姿のうちの、きわめて特異な一例を伝えるものとして、この本は貴重な存在であると言ってよい。

「およし女郎《めろう》」に進上された注釈入り室町写本

㉗よし女旧蔵付注本　《九八—一三〇》

この本は、端正な筆で書かれた室町期の書写と思われる写本だが、頭部と行間に、本文とは違う筆跡で大量の注記が書き入れられている。頭部の冒頭には「朱計ハ天福ノ本也。／墨は私聞書也。／朱点は宗鑑説也」と記されている（／は改行を示す。以下同じ）。「朱計」は「シュバカリ」と読んで、定家本の一つとして尊重された天福元年書写本すなわち天福本から、定家による注記（勘物《かんもつ》）や和歌に記された集付《しゅうづけ》、つまり勅撰集などへの入集を記した注記を朱筆で転写したものを言うかと推定される。さらにそこには、墨で書いたものは、「私」が誰かの講釈を聞いて記した聞書《ききがき》、そして朱の点（長点、つまり斜線）を引いたものは「宗鑑」の注であることが明記されている。自分が聞いて書き付けた講釈の内容と、それとは別に入手した「宗鑑」の説を、記号で区別しながら書き加えた興味深い一冊で、いったい誰がこの詳細な注記を書き入れたのか知りたくなるが、巻末に奥書はなく、本文も書き入れも、ともに筆者は不明である。ただし、この「宗鑑」は、確証はないが、あるいは戦国時代の連歌師で、誹諧連歌の撰集『犬筑波集』▲の撰者としても知られている山崎宗鑑《やまざきそうかん》（寛正六年［一四六五］？—天文二十三年［一五五四］？）ではないかと考えられる。山崎宗鑑は洒脱な文字を書くことでも知られていて、宗鑑筆と鑑定されている伊勢物語写本も多く、鉄心斎文庫にも次の七点が現存する。

㉘伝山崎宗鑑筆本《九八—一九》（図31）

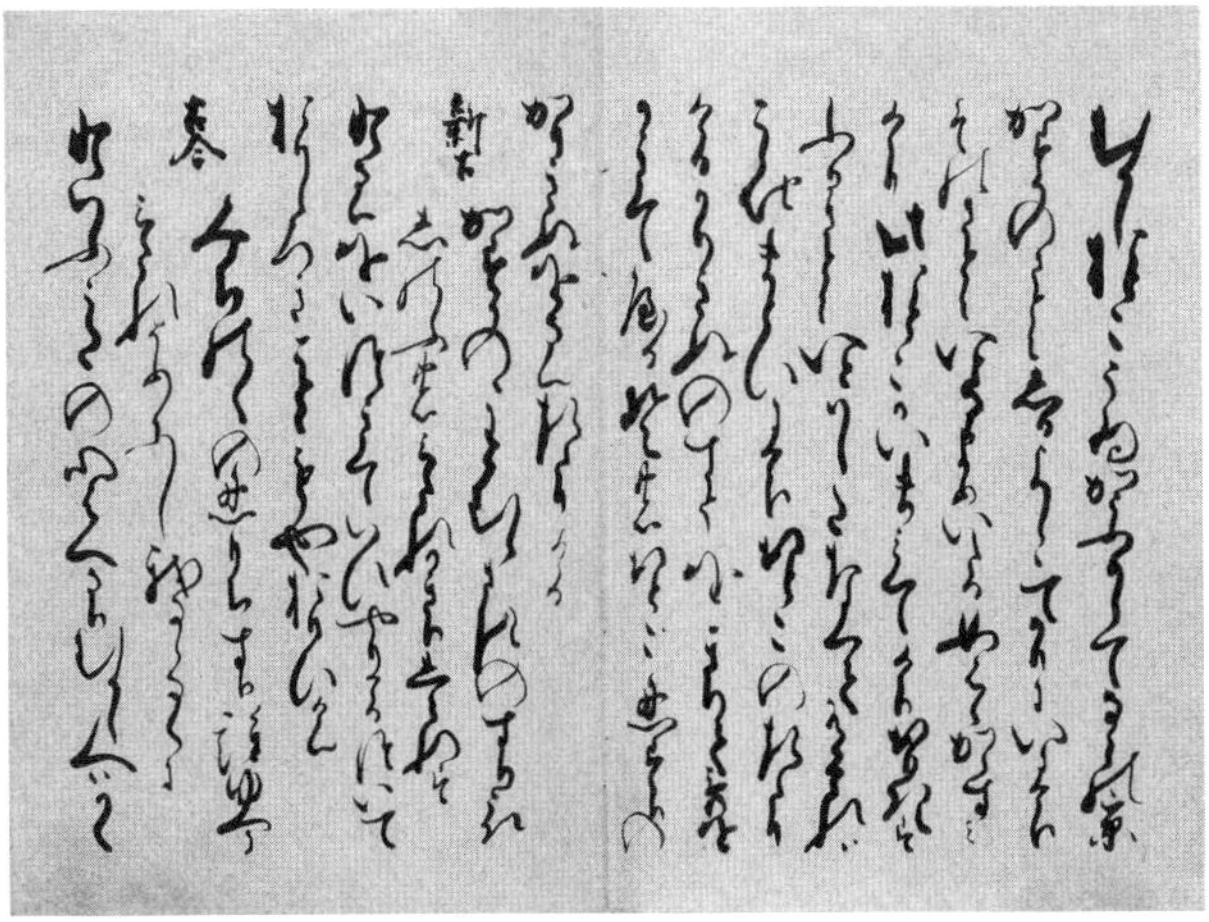

図31　伝山崎宗鑑筆本（98—19）冒頭

『犬筑波集』　室町時代後期の俳諧連歌撰集。大永四年（一五二四）以降の成立。宗鑑のものに後代次々と増補されたと考えられ、異本が多い。

㉙伝山崎宗鑑筆本《九八―二一〇》
㉚伝山崎宗鑑筆本《九八―二一一》
㉛伝山崎宗鑑筆本《九八―二一二》
㉜伝山崎宗鑑筆本《九八―二九三》
㉝伝山崎宗鑑筆本《九八―三〇九》
㉞伝山崎宗鑑筆本《九八―三二三》

このように書の方面でもよく知られた人物だが、その山崎宗鑑の伊勢物語の注は、これまでまったく知られていない。この「宗鑑説」は、はたして山崎宗鑑の注なのかどうか、この「宗鑑」は伊勢物語をどのように読んでいたのか、本書の頭部に書き入れられた注記を丹念に読んでいけば、さまざまな手がかりがつかめる可能性がある。詳細な調査は今後の課題として、いま一例だけを紹介しておきたい。

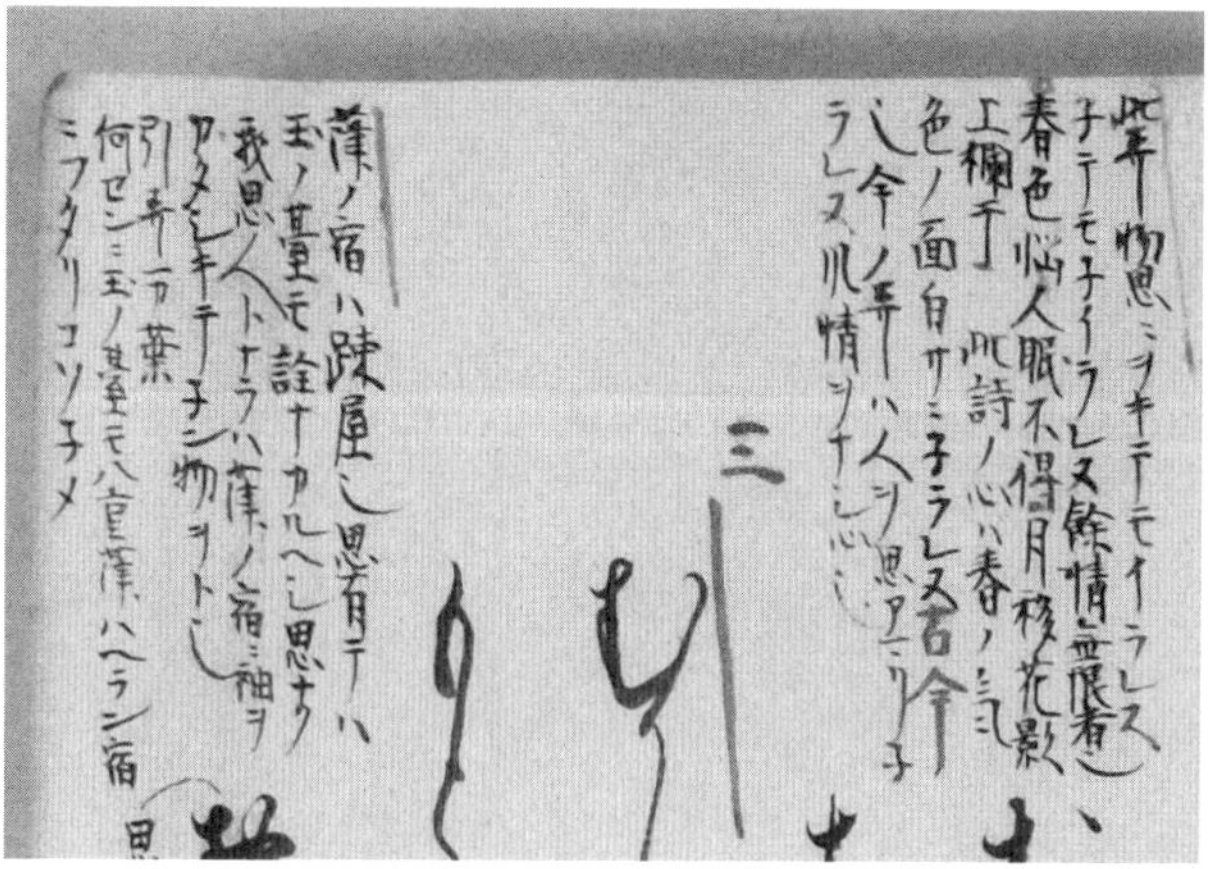
図32　よし女旧蔵本に見える注記

第二段末尾で主人公が「西の京」の女性に詠み贈る「おきもせず寝もせで夜を明かしては春のものとてながめくらしつ」の一首について、本書の頭部には朱の斜線を引いて、次のような注記が記されている（図32）。

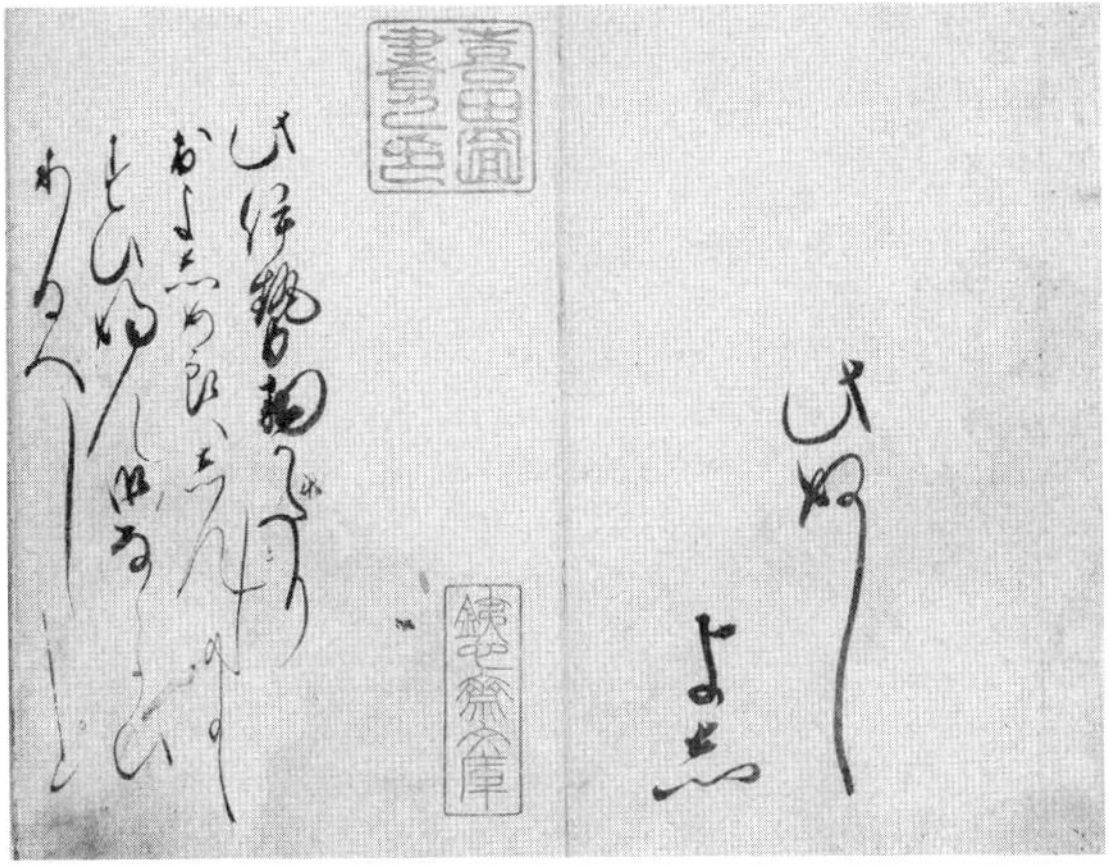
図33　よし女旧蔵本の見返しと一丁表

此歌、物思ニ、ヲキテモイラレズ、ネテモネイラレヌ余情無限者也。〇春色悩人眠不得、月移花影上欄干。此詩ノ心ハ、春ノ気色ノ面白サニネラレヌ也。今ノ歌ハ人ヲ思アマリネラレヌ風情、ヲナジ心也。

ここに引用されている、「春色悩人眠不得、月移花影上欄干（春色《しゅんしょく》人を悩ませて眠り得ず、月は花影《かえい》を移して欄干《らんかん》に上らしむ）」という漢詩句は、北宋の王安石《おうあんせき》の「夜直」（禁中の宿直）という、よく知られた詩の後半だが、「宗鑑」は、この詩句と伊勢物語の「おきもせず」の歌の「風情」を「同じ心」であると言う。伊勢物語のこの歌の注にこの詩句を引く例を、これ以外に私はまだ見出せていない。「風情」や「心」を大事にし、漢詩文にも造詣の深い人物像が、ここからはうかがわれる。これが本当に山崎宗鑑の注なのかどうかは不明だが、この写本は、さまざまな面できわめて興味深い、貴重な一冊なのである。

ところが、この本の見返し（図33）には、伊勢物語本文や注釈書き入れとはまったく違った太い文字で、べたべたと「此ぬし、よし」と記されている。この「よし」さんは江戸時代の女性の名前と思われるが、さらに、次の第一丁の表には、「此伊勢物かたり、／およしめ郎

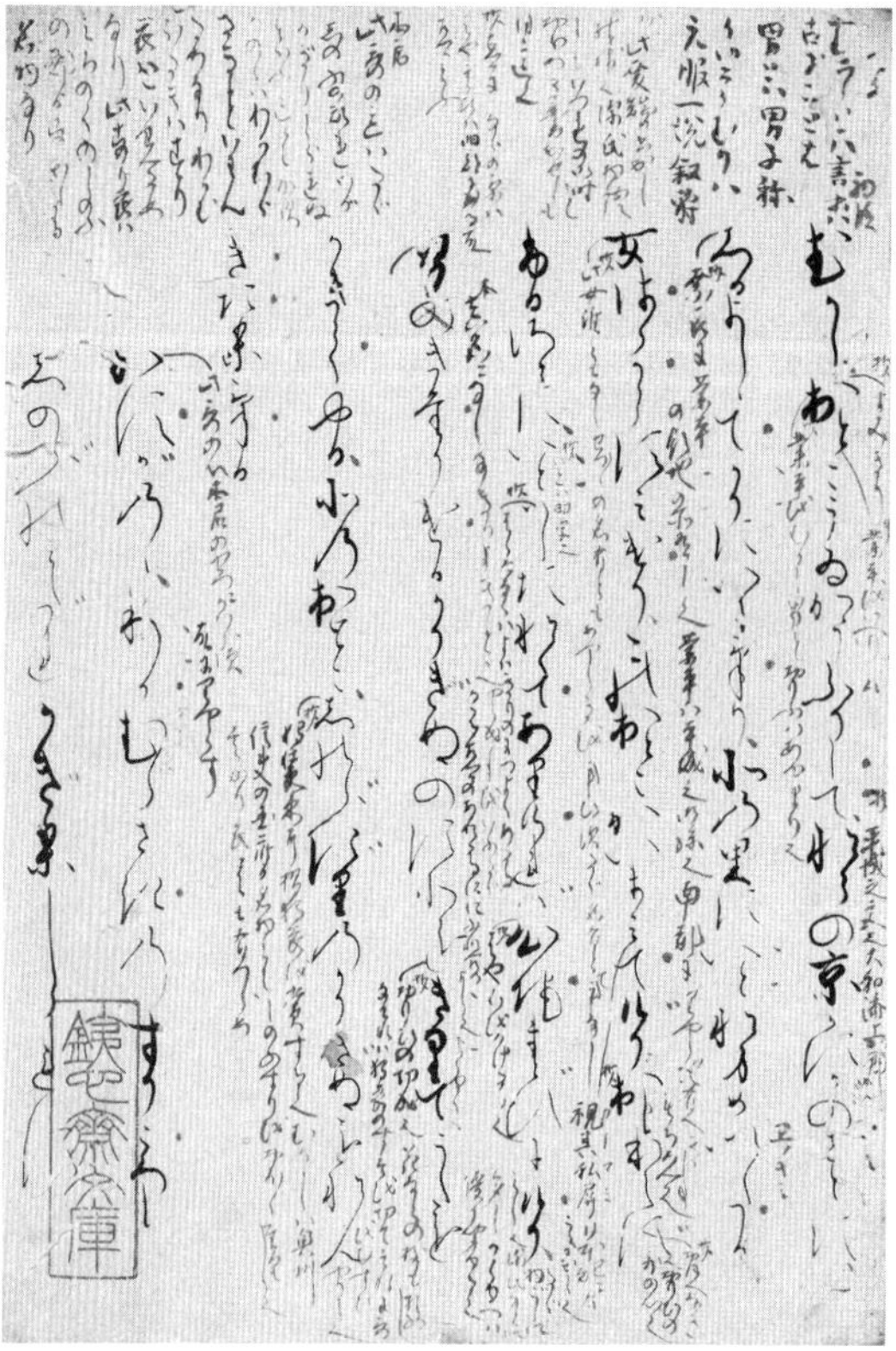

へしんじまゐらせ候。／ずひぶん御ならひ／あるべく候」と書かれている。つまりこの文字を書き付けた誰かが、この伊勢物語写本をおよしさんという人に、これでしっかり勉強しなさいと言ってプレゼントしたと思われるのである。貼り紙を付けてそこに書いたりせず、古い写本にそのまま直接書き加えている点や文字の書き様からも、このような種類の書物の扱いに慣れていない、それほど身分や学識の高くない人物かと想像され、「およし」はその娘で、あるいは嫁入り本にふさわしい「伊勢物かたり」としてこの本が贈られたかとも考えられるが、事情はさだかではない。ともあれ、さきに見たこの室町期の注釈書き入れ写本は、はたしてどのような流転の運命によって江戸時代の「およしめ郎」に贈られるに至ったのだろうか。そしてその後、「およしめ郎」は伊勢物語をどれだけ「御ならひ」することができたのだろうか。そしてさらにその後、この写本はどんな経路を経て鉄心斎文庫にたどり着いたのか。静かにこの本を見ながら想像すると、さまざまに興味は尽きない

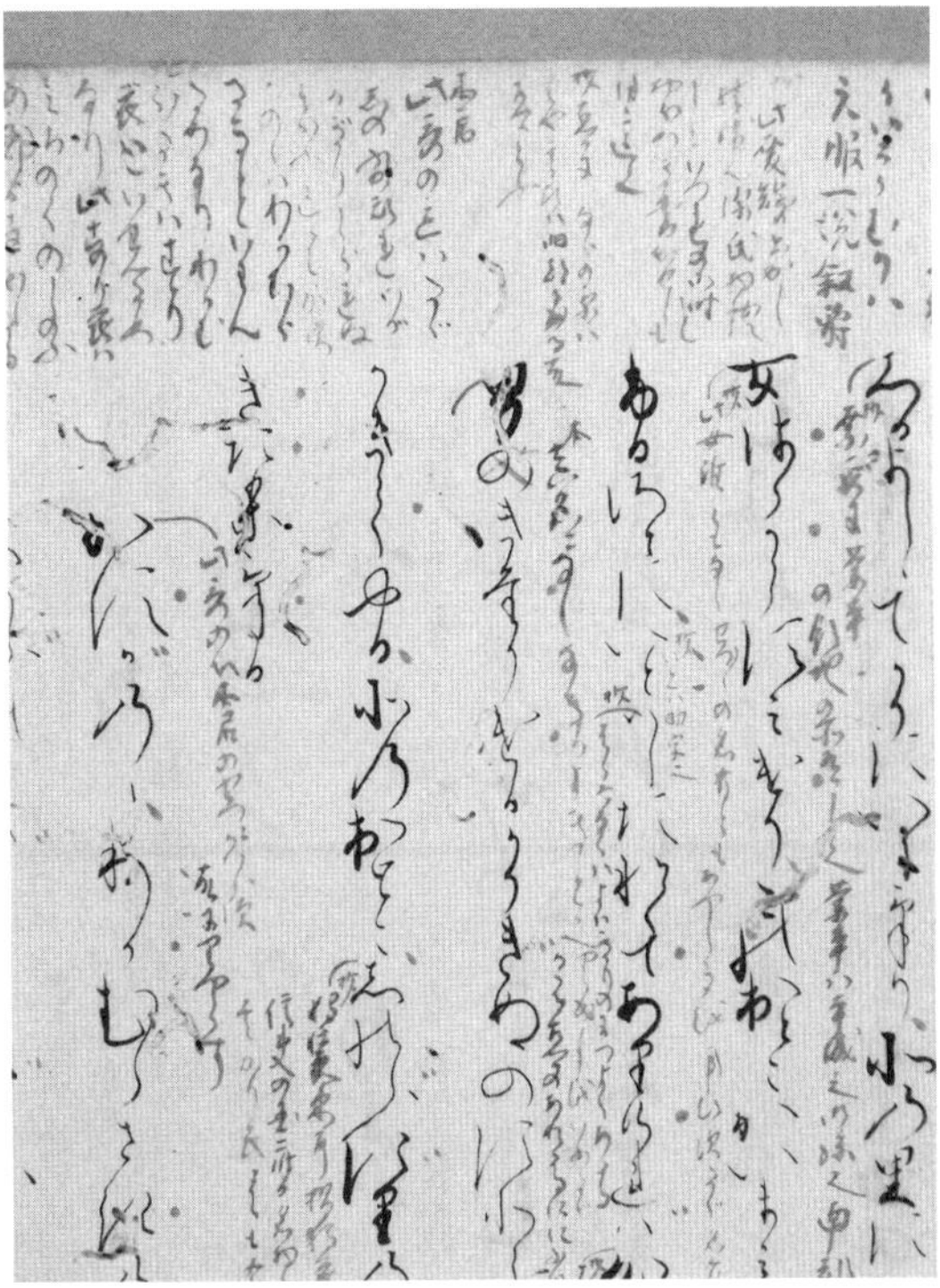

図34　日野資矩筆資愛加注本　上右：一丁表
上左：注記拡大

のである。

日野家の父と子、書き入れ注記が語るもの

㉟日野資矩《すけのり》筆資愛《すけなる》加注本　《九八—一四六》（図34・35）

日野家は藤原北家の一流をなす平安時代以来の名家で、代々儒学と和歌を家業とした。日野資矩は、その日野家の当主として正一位権大納言に至り、七十五歳で没している。本書の巻末には、これを「新写」して資愛に与え、朱筆で注を加えさせたむねの、寛政四年（一七九二）六月の資矩の奥書が見え、朱印も押されている。資愛は資矩の子、従一位准大臣に至り、六十七歳で没した。本書は、わが子に与えて注を加えさせ、それによって学ばせるために日野資矩が書写した本と考えられ、本書に朱筆でおびただしく加えられている注記は資愛によるものと思われる。この時、資矩は三十七歳、資愛はまだ十三歳、資矩の父である資枝《すけき》は五十六歳、正二位権中納言として活躍中だった。

日野資矩　宝暦六年（一七五六）—文政十三年（一八三〇）。

日野資愛　安永九年（一七八〇）—弘化三年（一八四六）。

日野資枝　元文二年（一七三七）—享和元年（一八〇一）。

その資矩の父資枝は、歌人・歌学者として名高い烏丸光栄《からすまるみつひで》▲の子で、日野資時《すけとき》の養子となって日野家を継いだが、自身も歌人としてすぐれ、冷泉為村・烏丸光胤《みつたね》・有栖川宮職仁親王《ありすがわのみやよりひとしんのう》に学び、後述する御所伝授の相伝も受け、宮廷歌壇の主要な位置を占めていた。藤原貞幹《さだみき》、土肥《どひ》経平《つねひら》、塙保己《はなわはき》一《いち》などの師としても知られている。

ちなみに、後水尾《ごみずのお》天皇▲以来、江戸時代の公家歌壇では、『古今集』伝授を中心とする御所伝授▲が歌道の根幹として伝えられ、重要視されていた。横井金男《よこいあきお》氏『古今伝授の史的研究』（臨川書店、一九八〇年）所収の「古今伝授血脈」によれば、

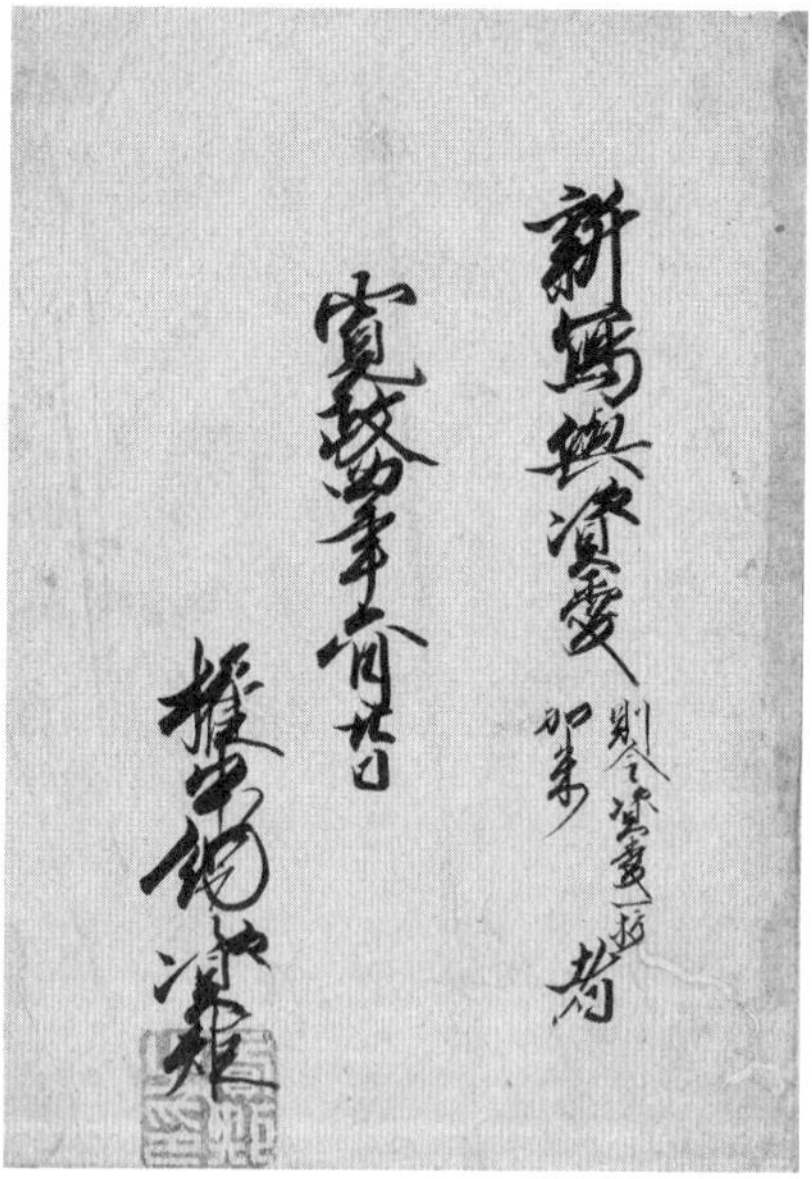
図35　最終丁裏・奥書

烏丸光栄　元禄二年（一六八九）―延享五年（一七四八）。

後水尾天皇　慶長元年（一五九六）―延宝八年（一六八〇）、在位一六一一～一六二九。

御所伝授　智仁《としひと》親王は、細川幽斎《ほそかわゆうさい》から受けた古今伝授を、寛永二年（一六二五）に後水尾天皇に相伝した。後水尾天皇は、これをもとにした古今集などの歌道伝授を後継の天皇や堂上貴族たちに伝授し、それはさらに次の時代へと、朝廷や堂上貴族の世界で伝えられていった。これを一般に御所伝授と呼んでいる。

資枝は寛政十年（一七九八）九月に、光格天皇から、御所伝授の一部である伊勢物語伝授を授けられているが、それは本書が書写された寛政四年より後のことである。

本書が書写された事情と周辺の情況はおおむねこのようであった。すぐれた歌人を父に持ち、その後継者でもあった日野資矩によって、さらにその後継者候補であった子息資愛の教育のために本書は書写され、資愛によって詳細な注記が書き入れられたと考えられるのである。

その資愛によって書き入れられた朱筆の注記は、頭部の余白と伊勢物語本文の行間を使って、まだ未整理の形で書き込まれているが、まず注意されるのは、それらの冒頭に、たとえば「抄、風流などなす也。たはやぎたる姿なり」（初段「みやび」の注）のように「抄」「抄云」などという標示が、数多く見られることである。その内容はさまざまであるが、基本的には、細川幽斎《ほそかわゆうさい》▲の説をおおむね継承しつつ堂上公家の間で伝えられてきた、伝統的な理解に基づく注記かと、ひとまずは考えられる。

この「抄」「抄云」のほかに、本書の書き入れ注記には「玄」「私」などの標示も見られる。「玄」は出家して幽斎玄旨と名乗った細川幽斎の略称で、幽斎自身の『伊勢物語闕疑抄《けつぎしょう》』の説が書き入れられているかと考えられる。「私」は「私

細川幽斎　天文三年（一五三四）―慶長十五年（一六一〇）。

説」すなわち自分の考えという意味だが、それ以外の標示を伴った注記は、資愛によって、いくつかの種類の書物から抜粋して書き写されたもののように見える。未整理でかなり乱雑に書き入れられた、まるで下書きノートのようなそれらの注のありさまからは、十三歳の資愛がさまざまに考えながら伊勢物語を学んでいた懸命な姿が想像される。

新旧注記の併存、日野家の試練

その中でもとりわけ注目されるのは、以上のような標示に交じって、本書の注記に、「本居」あるいは「本」という標示がきわめて多く見られることである。たとえば本書の初段「春日野の」の歌のすぐ上の頭注部（図34）には、「本居」という標示を付して「此歌の意はたゞ／しのぶの乱れわが／かぎりしられぬ／といふ意云々。かす／がのはわかむらさきといはん／ためなり。わかむらさきはすり／衣といはんため／なり。［下略］」という長大な注記が記されていて、次頁頭注部にまで続いている。これらは、国学者として名高かった本居宣長《もとおりのりなが》▲の説であろうと考えられる。宣長の伊勢物語研究の成果は随筆集『玉勝間《たまかつま》』に断片的に示されているが、宣長は伊勢物語についてまとまった注釈書を書いておらず、その伊勢物語理解の全貌は容易に知ることができない。本書に数多く引かれている宣長

本居宣長　享保十五年（一七三〇）―享和元年（一八〇一）。

の説は、その意味でも貴重なものと言わねばならない。

さきに、初段「春日野の」の歌に関して記された「本居」の注記の冒頭部を掲げたが、本文部のその「春日野の」の歌の冒頭部から線が引かれていて、その線に従って右下を見ると、そこに「此歌の心、本居のせつにかはらず。故にりやくす」と記されている（図34）。これによれば、資愛は、まず「本居のせつ」すなわち宣長の説を書き入れ、そのうえで「抄」を含めた他注を参観しているように思われる。そして、他注の説が宣長の説と異なっている場合や重ならない場合にだけ、他の注釈書の記述を書き入れているかとも考えられるのである。このような推測が他の部分についても言えるかどうかは、なお今後の精査が必要であるが、少なくとも資愛が宣長の説を重要なものと考えていた、その様子は、このような記述からもうかがうことができるのである。

同じ初段の「男のきたりける」の部分を見ると、「男の」の「の」の上に×印が付けられ、その横に「本、真名になし。なきがよきと也」という注記が書き入れられている。「真名」とは、真名本《まなぼん》のこと。真名本伊勢物語は、すべて漢字表記で記された伊勢物語だが、一般に用いられていた通常の定家本と本文が異なる部分があり、江戸時代には伊勢物語の古い形を伝えるとされて、特に国学者によって尊重された。宣長はここで、「男の」の「の」を持たない真名本によって定家本の本文を訂正している。本書にはこれ以外にも、真名本の本文をあげて定家本の本文を訂正する宣長の注記がいくつも書き入れられている。細川幽斎の流れを継承する、伊勢物語の学も含めた堂上の歌道伝授は、定家の子孫の二条家の説を伝えていると称し、定家をひたすら信奉して、テキストについても定家本をよしとしていた。権威を排して合理的な判断を重んじ、場合によっては真名本によって定家本の誤りを正そうとする宣長の態度は、このような御所伝授の定家崇拝の姿勢とは相容《あいい》れないものだったように思われる（ちなみに本居宣長の『玉勝間』五の巻「いせ物がたりをよみていはまほしき事ども一つ二つ」には、真名本を用いた本文校訂の案がいくつか示されているが、本書に書き入れられた同種の注記は、ほとんどそれらの校訂案に一致している）。

実は日野家は、堂上公家の中でも宣長に近く、宣長の『享和元年在京日記』などによれば、本書成立後の享和元年（一八〇一）に晩年の宣長が上洛した際には、資愛は熱心にその講釈に出席している。また、宣長は日野家を訪問して資枝にも面会しており、宣長が京を去る際には資愛が餞別《せんべつ》の歌を贈っている。本書の書き入れ注に宣長の説が記されていることは、このような事情を考えればきわめて自然なことであった。資愛は、寛政四年以前に、すでに宣長の説を入手していたのである。

堂上公家が受け継いできた御所伝授にもとづく伊勢物語理解は、基本的に細川幽斎の説をもとにしたものだったが、一方、宣長などの国学者たちは、その幽斎の説を根本的に批判し、新しい形の伊勢物語の読解を築こうとしていた。かくして本書の中には、堂上に伝えられてきた旧派の保守的な説と、それらとは異なった立場から論じられる国学者宣長の新説の双方が、複雑に入り交じって書き込まれていることになる。その様相を詳しく分析するためには、なお時間をかけた調査が必要であるが、本書の書き入れ注は、新旧両派の説が混在した、きわめて貴重で珍しい性格を有していることが知られるのである。

本書がこのように書かれた寛政四年（一七九二）、資枝・資矩・資愛の日野家は着実に、おだやかに歩みを続けていたように見えるが、享和元年（一八〇一）に資枝が没した翌年、日野家に突然大きな厄災が降りかかる。享和二年、「大愚《だいぐ》歌《うた》合《あわせ》」▲という行事に資矩・資愛が歌を出して加わったことが問題となり、資矩は処罰として光格天皇から受けていた勅点を差し止められ、歌道の師である閑院宮《かんいんのみや》美《はる》仁《ひと》親王から破門された。資愛にも同様の処罰が下り、両者は文政七年（一八二四）に許されるまで、実に二十四年の間、宮廷歌壇から追放されてしまうのである。▲この重い処罰の背後には旧派である冷泉家の意向があったことがうかがわれ、また本居宣長上洛時の講釈参加者がこの事件で多く処罰されていることも指摘さ

大愚歌合　享和二年（一八〇二）に、広幡前秀《ひろはたさきひで》の主催で、地下《じげ》歌人である大愚（慈延）が判者となり、堂上歌人十人と地下歌人十人が歌を出した歌合。参加した堂上歌人たちが厳しい処罰を受けた。

大愚歌合一件　盛田帝子氏『近世雅文壇の研究』（汲古書院、二〇一三年）参照。

れている（盛田氏前掲書）。やや大げさに言えば、これは事件に乗じた旧派の巻き返しであったと言ってよいであろう。

時代は次第に変わりつつあった。日野資矩筆資愛加注本は、そのような時代の変転と、そのはざまで翻弄される日野家の運命を予兆するかのような内容を、そのまま今に残して鉄心斎文庫に現存しているのである。

日野資矩と柳原紀光

資愛が書き入れた宣長の注記には、真名本を引くものが多かったが、鉄心斎文庫には、日野資矩筆の伊勢物語真名本が現存する。

㊱日野資矩筆真名本　《九八―一三一》（図36・37）

本書には、同族の日野流柳原《やなぎはら》家の、「前権大納言」柳原紀光《もとみつ》▲の求めに応じて日野資矩が書写したむねの、紀光による奥書と箱書が記されている。筆写年時の記載はないが、権大納言だった紀光は天明八年（一七八八）に光格天皇より勅勘を受け、まもなく許されたが官職には復帰せず歴史書の編纂に専念して、『続史愚抄』八十一冊を完成させた。「前権大納言」と記されている本書は、その天明八

柳原紀光　延享三年（一七四六）―寛政十二年（一八〇〇）。

年以降、紀光が出家した寛政九年（一七九七）以前に書かれたと考えられる。

余談になるが、大正天皇の生母、柳原愛子《なるこ》▲は、この柳原紀光の曾孫の子、つまり玄孫にあたり、歌人としても、そして恋愛事件でも名高い柳原白蓮《びゃくれん》▲は、愛子の姪である。

柳原愛子　安政六年（一八五九）―昭和十八年（一九四三）。

柳原白蓮　明治十八年（一八八五）―昭和四十二年（一九六七）。

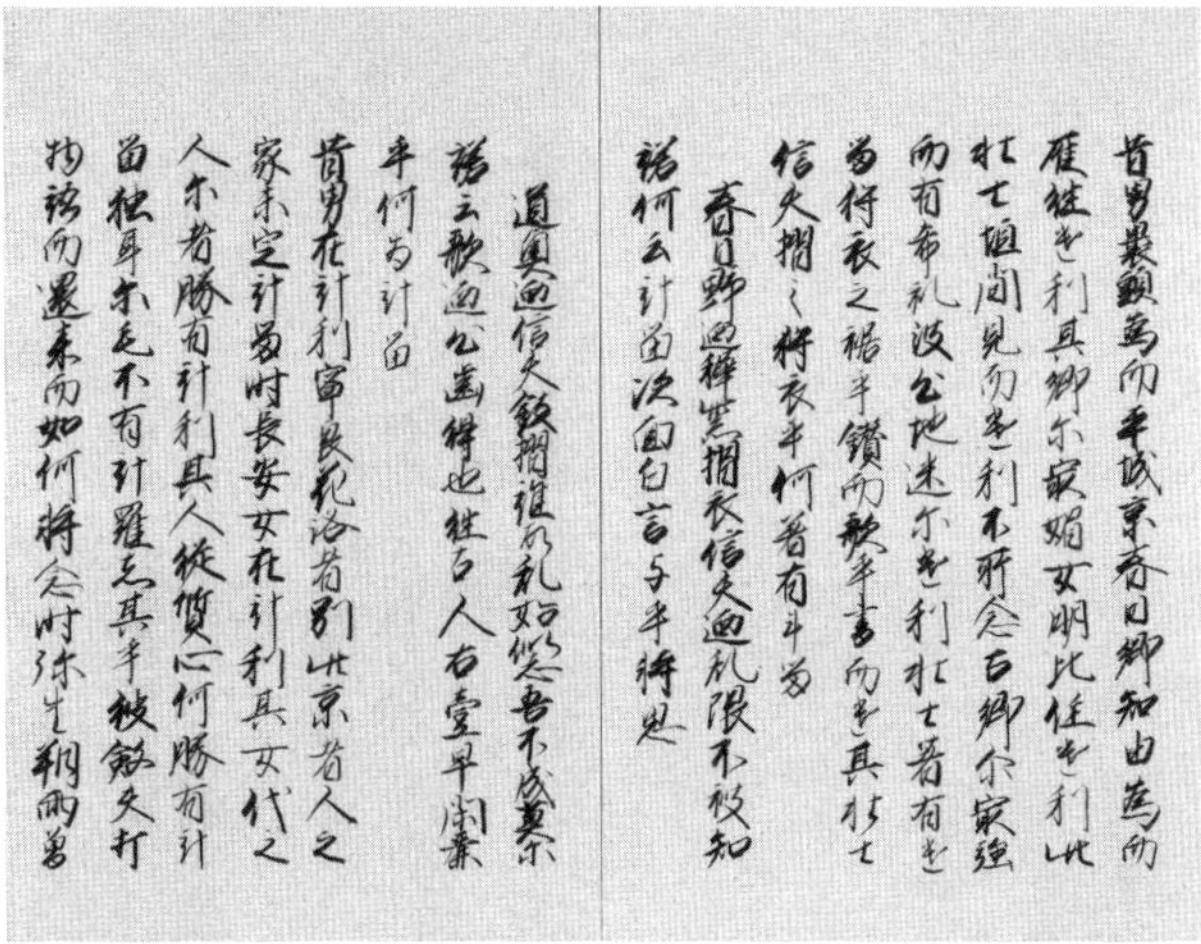

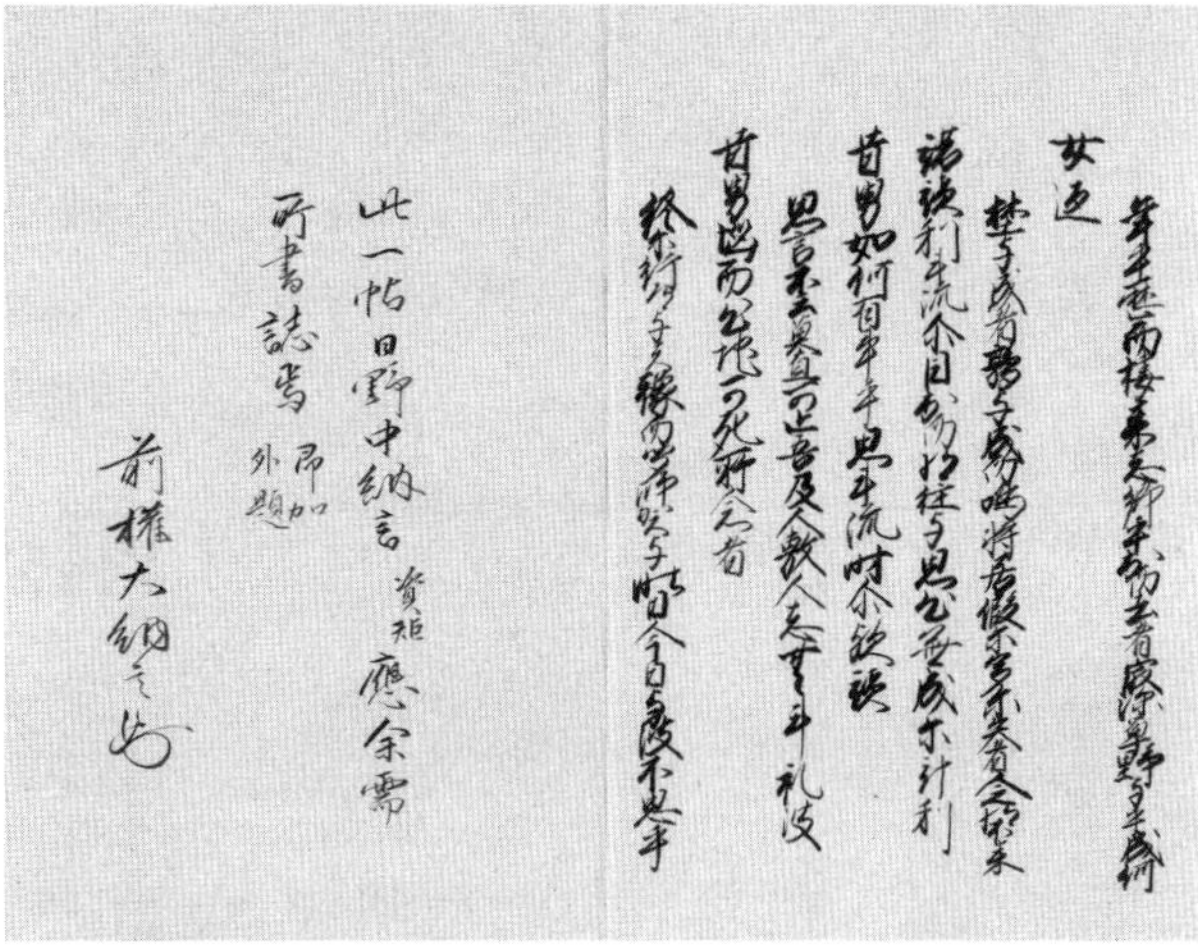

上：図36　日野資矩筆真名本　冒頭
下：図37　同、奥書

四▼変転する伊勢物語

伊勢物語の変転1――その成立

　伊勢物語の最初の原型は、延喜五年（九〇五）に成立した『古今和歌集』との比較その他によって、九世紀末にはすでに生まれていたと推定され、確証はないが、主人公のモデルである在原業平《ありわらのなりひら》▲その人が最初の作者であった可能性がきわめて大きいと考えられる。それは、当時中国でさかんに作られていた、元稹《げんじん》の『鶯《おう》鶯伝《おうでん》』などの唐代伝奇小説のように、自分をモデルにして作られた虚構の物語ではなかったかと考えられるのである。けれどもそれは、唐代伝奇小説とは違って、『万葉集』巻十六にもすでに見られるような、和歌を中心とした短い文章の形に作り出された、いくつかの断章だったと推定される。

　そのいくつかの断章には、これも『古今和歌集』との比較から、現在一般に読まれている定家本の、第四段、第五段、第九段、第十九段、第六十九段、第八十二段、第八十三段、第八十四段、第百七段などにあたる章段が含まれていたと考えられている。つまり、いわゆる二条后章段、東下り章段、狩の使章段、惟喬《これたか》親

在原業平　天長二年（八二五）―元慶四年（八八〇）。

王章段など、現在の伊勢物語の主要なモチーフのほとんどは、その出発点からすでに存在していたと考えられるのである。しかし、逆に考えれば、現在定家本で百二十五段存在する章段のほとんどは、この時点ではまだ存在せず、さらには、当初から存在した章段も、のちに大きな改編や増補が加えられていることが多かったと考えられる。変転と増補を繰り返しながら、伊勢物語は今の姿に近づいていったのである。

その大幅な変転と増補の具体的過程をはっきりと知ることは困難である。紀貫之《きのつらゆき》が関わったという意見は強く、さまざまな点からその可能性は大きいと考えられるが、確証はない。そのようななかにあって注目されるのは、第三十九段で、「天の下の色好み」として登場する源至《みなもとのいたる》に関わって「至は、順《したがふ》が祖父《おほぢ》なり」と名が記されている、源順《みなもとのしたごう》▲の存在である。敬称抜きでその名が記されている源順本人、ないしはその親しい友人が伊勢物語の増補改作者の一人であった可能性はきわめて大きい。

その後、伊勢物語はいつまで変転を続けたのか、その最終段階の成立時期についてはなお不明なことが多いが、いま、特に問題になる章段として、第百十七段に注目しておきたい。

源順　延喜十一年（九一一）―永観元年（九八三）。平安時代中期の学者・歌人。日本最初の分類体辞典『和名類聚抄《わみょうるいじゅうしょう》』を編纂した。天暦五年（九五一）には和歌所の寄人《よりうど》となり、『万葉集』の訓点作業と『後撰和歌集』の撰集に参加した。

昔、帝《みかど》、住吉に行幸《ぎやうかう》したまひけり。

われ見ても久しくなりぬ住吉の岸の姫松幾代《いくよ》経《へ》ぬらむ

おほん神、現形《げぎやう》したまひて、

むつましと君はしらなみみづがきの久しき世よりいはひそめてき

定家本のこの章段には、右のように、在原業平をモデルとする主人公が登場していないように見えるが、いくつかの異本には、この後に次のような記述が続いている。

このことを聞きて、在原業平、住吉に詣《ま》でたりけるついでに、よみたりける。

住吉の岸の姫松人ならば幾代か経しと問はましものを

とよめるに、翁のなりあしき、出《い》でゐて、めでてかへし、

ころもだに二つありせばあかはだの山にひとつは貸さましものを

（宮内庁書陵部蔵阿波国文庫旧蔵本による）

公的な記録にまったく見えない住吉神社への天皇行幸を述べ、そこに住吉の神が姿を現して歌を詠むという特異な場面を描くこの章段の背後には、平安時代後

期の歌人で住吉神社の神主であった津守国基《つもりのくにもと》の、住吉明神を和歌の神にしようとする動きがあったと考えられ、注目される。たとえば源氏物語愛読者の自伝である『更級日記』の冒頭は寛仁四年（一〇二〇）ごろの記事から始まっているが、そのころ国基はまだ生まれてもいなかった。伊勢物語の第百十七段は、源氏物語よりもかなり後の時代に成立した可能性が大きいのである。

おそらくは百年を超える数々の変転のなかで、伊勢物語は大きくその姿を変えた。しかし、たとえば次に掲げる第七十段は明らかに狩の使章段である第六十九段をふまえており、第百十六段は東下り章段をふまえて書かれている。増補されていった章段の多くは、すでに存在した章段の享受をふまえて、読者が作者になって生み出されていると考えられる。

昔、男、狩の使より帰り来《き》けるに、大淀のわたりに宿りて、斎《いつき》の宮《みや》のわらはべに言ひかけける。

　みるめかる方やいづこぞ棹さして我に教へよあまのつり船

（第七十段）

（第百十六段）

津守国基　治安三年（一〇二三）—康和四年（一一〇二）。

第百十七段の問題　片桐洋一氏「和歌神としての住吉の神——その成り立ちと展開」（『古今和歌集以後』、笠間書院、二〇〇〇年所収、初出は一九八四年）参照。

第百十七段の成立　山本登朗「源氏物語への回路——伊勢物語第六段の再検討から」（『京都語文』二三号、佛教大学国語国文学会、二〇一六年十一月）参照。

昔、男、すずろに陸奥《みち》の国《くに》までまどひいにけり。京に思ふ人にいひやる。
浪間《なみま》より見ゆる小島のはまびさし久しくなりぬ君にあひ見で
なにごともみなよくなりにけり、となむ言ひやりける。

いろいろな新しい要素も加えられながら、伊勢物語が本来持っていたと思われる特徴的な内容や表現・文体の多くは継承され、伊勢物語はある時期まで、まとまりを持ったひとつの世界、ひとつの作品でありながら、読者による自由な増補や変改が可能でもある虚構の物語として、多くの人々に愛され続けていたと考えられるのである。

伊勢物語の変転2――その享受

さまざまな変転を経て今のような姿になった伊勢物語は、その後、現代に至るまで、さらに多くの人々によって読まれ続け、愛され続けてきたが、その享受の内容、伊勢物語理解のあり方は、時代によって大きく変わってきた。変転はさらに続くのである。

伊勢物語については古くからきわめて多くの注釈書が書かれていて、時代を超えた人気ぶりがうかがわれるのだが、前にも見た大津有一氏『伊勢物語古註釈の研究』は、それらの注釈書を、「髄脳古註《ずいのう》の時代」「旧註の時代」「新註の時代」の三つの時期（ならびに性格）に分類しており、その分類は、時代よりも注釈内容の性格に重点を置くかたちで、現在もそのまま用いられている。

鎌倉時代、伊勢物語について書かれた「古注」と呼ばれる注釈書や「髄脳」つまり秘伝書は、現代から見ればきわめて特異な内容を持っている。すなわちこれらの「古注」や「髄脳」は、伊勢物語の各章段はすべて事実を語っているが、それをそのまま表現せず比喩を使って朧化《ろうか》したりしていると主張し、名前があげられていない登場人物の実名をすべて強引に明らかにするなど、伊勢物語の背後にあったとする一種の仮構の事実を詳細に述べてゆく。それらはすべて「事実」なのであるから、各章段の内容に相互矛盾は許されず、全章段すべて一連のできごととして矛盾なく理解できねばならない。そのために、たとえば東下りは実際におこなわれてはいなかったという読解が強引に主張されるのである。また、これらの「古注」や秘伝書では、伊勢物語の主人公在原業平は、「極楽世界の歌舞《かぶ》の菩薩《ぼさつ》、馬頭観音《ばとうかんのん》」「大日化身《だいにちけしん》」とされるなど、通常の人間を超えた存在、男女和合によって人々を悟りに導く存在として神格化され、伊勢物語の世界はさまざまの秘伝に関連させられて、説話的、神話的に語られることになった。

これらの「古注」は、通常の注釈書とはまったく異なった、きわめて特殊な性格を持ったものであり、信用できない内容を多く含んでいる怪しげなものでもあったが、室町時代前期まで、『古今集』注釈の世界にまで領域を広げながら幅広く受け入れられ、強い力を持っていた。世阿弥《ぜあみ》の能「井筒」▲が、これら伊勢物語の「古注」をふまえて作られているのはよく知られた事実である。

伊勢物語「古注」はやがて、室町時代中期の貴族ですぐれた学者だった一条兼良が、注釈書『伊勢物語愚見抄』の冒頭でその内容の虚偽性をきびしく批判したこともあって正統な説としての地位を失い、それ以後、連歌師の宗祇《そうぎ》▲が主張した、物語をありのままに読みつつ、その底に倫理的ないしは観念的な作意を読み取ろうとする読解の方向が注釈の主流を占める。その流れは、宗祇から伝授を受けた三条西実隆《さんじょうにしさねたか》や江戸時代初期の細川幽斎を介して、やがて先述した御所伝授へと続いてゆく。これらを、「古注」と区別してわざわざ「旧注」という特殊な名称で呼ばねばならない、その背後に、他の古典文学の注釈史とは異なった、伊勢物語注釈史独特の、甚だしい変転の歴史が存在するのである。

その室町時代以来の「旧注」を批判して新しい学問をめざした江戸時代の国学者たちの注釈を「新注」と呼ぶのは、伊勢物語に限らない一般的な区分と言ってよいが、伊勢物語の場合、「旧注」と「新注」の注釈内容や物語理解の姿勢の相違は、他の古典作品の場合とくらべ、きわめて大きかった。

世阿弥の能「井筒」 世阿弥は、室町時代初期の猿楽師。父の観阿弥とともに猿楽（現在の能）を大成し、多くの書を残した。「井筒」は、能を代表する曲の一つ。世阿弥作と考えられ、世阿弥自身がこの曲を「上花也」と自賛するほどの自信作であった。

宗祇 応永二十八年（一四二一）―文亀二年（一五〇二）。

さきに見た㉟日野資矩筆資愛加注本の書き入れ注には、宮中や堂上公家に伝えられた「旧注」を継承する御所伝授由来の注と、それを否定した新興の国学者・本居宣長の「新注」が混在していて、時代の変転を予感させる一種のあやうい緊張感が、そこからはうかがわれたのであった。

五 さまざまな「古注」

鉄心斎文庫本の「古注」

鉄心斎文庫には、さまざまな種類の伊勢物語「古注」の伝本が数多く現存している。そのすべてをあげることはいま省略して、以下、『伊勢物語古注釈大成』の底本となっているものだけを列挙しておく。

㊲伊勢物語知顕集《ちけんしゅう》《九八―八三二》(図38)

「和歌知顕集」「伊勢物語知顕抄」など、「知顕」という名の付いた一群の伊勢物語「古注」のうち、島原松平文庫本系統と呼ばれる系統で現存するもっとも古い伝本。これらの「知顕集」では、住吉明神の化身と思われる翁が住吉神社の社頭で、名高い歌人である源経信《みなもとのつねのぶ》に伊勢物語の秘伝を伝えるという仮構の設定のもとに、前述のような伊勢物語の説話的、神話的な解釈が問答体で記さ

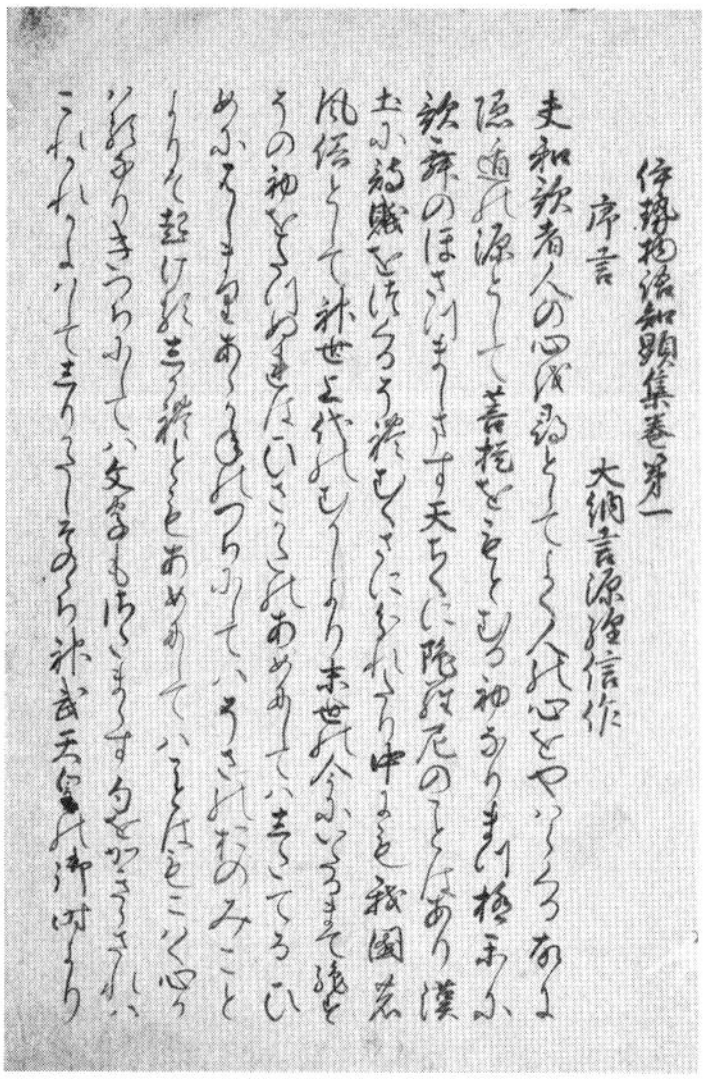

図38　伊勢物語知顕集　冒頭

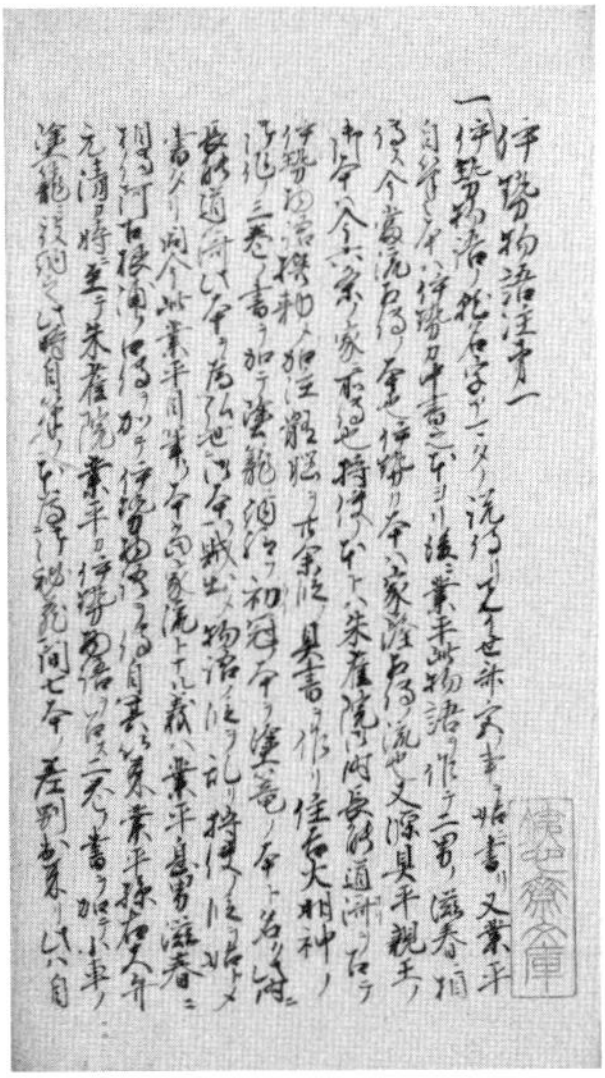

図39　十巻本伊勢物語注　冒頭

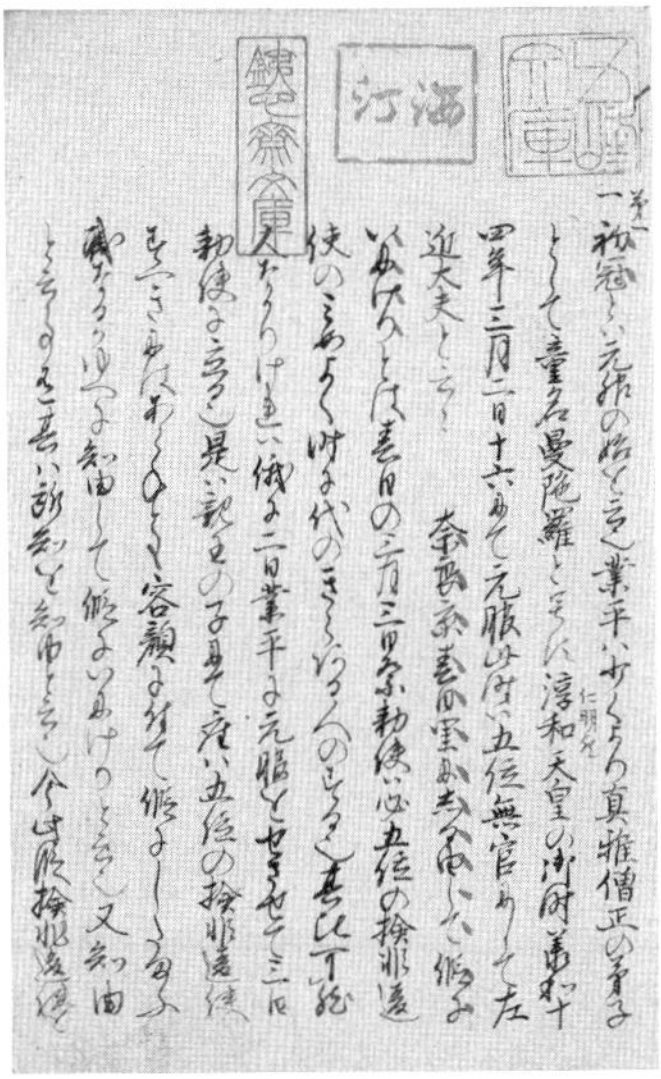

図40　増纂伊勢物語抄　冒頭

れている。片桐洋一氏が前掲書で述べているように、この設定と、さきに見た、住吉明神が登場する第百十七段の内容には類似点が多く、両者の関わりが注意される。『伊勢物語古注釈大成』第二巻に翻刻。

㊳十巻本伊勢物語注《九八—七八六》(図39)

冷泉家流と呼ばれる伊勢物語古注の代表的な伝本。現在は一冊だが、もと十巻だったことが知られ、前述した一条兼良の『伊勢物語愚見抄』の記述とも一致する。「知顕集」以上に説話的、神話的な解釈が奔放に展開され、本来の伊勢物語とは大きく異なった、まったく別の世界が作り出されている。『伊勢物語古注釈大成』第一巻に翻刻。

㊴増纂伊勢物語抄《九八—七二四》(図40)

冷泉家流の「古注」に、他の種類の「古注」を増補した内容を持つ伝本。『伊勢物語古注釈大成』第一巻に翻刻。

㊵伊勢物語奥《おう》秘《ひ》書《しょ》《九八—七三〇》(図41・42)

冷泉家流の「古注」ではあるが、㊲や㊳とはやや異なっ

伴蒿蹊 享保十八年（一七三三）—文化三年（一八〇六）。

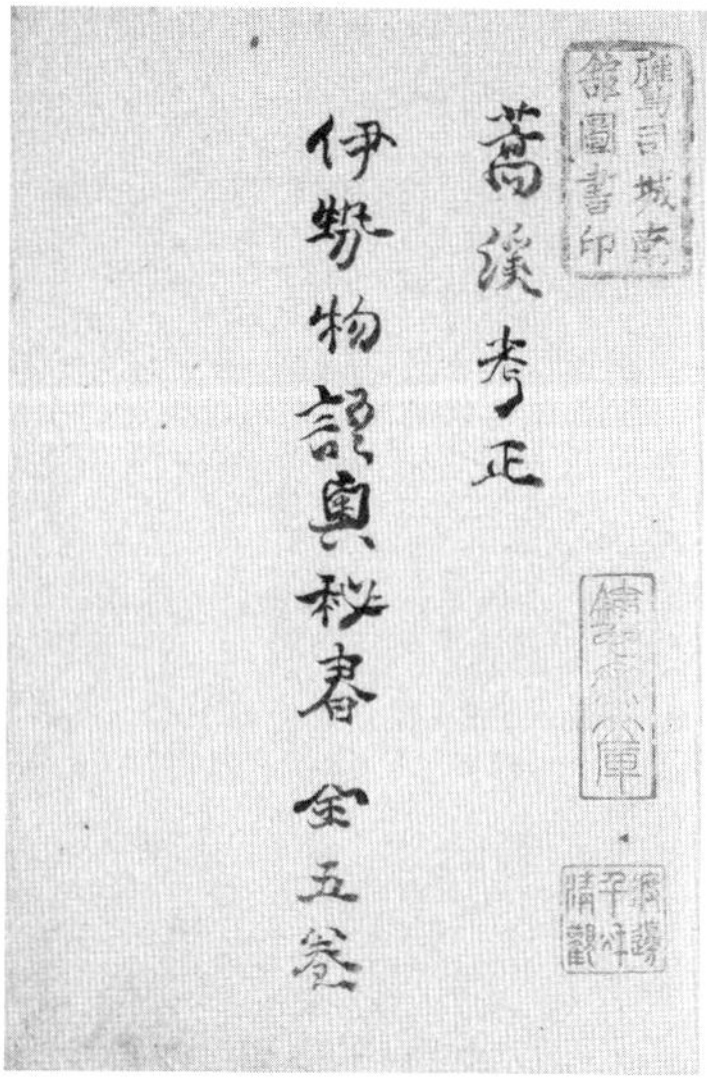

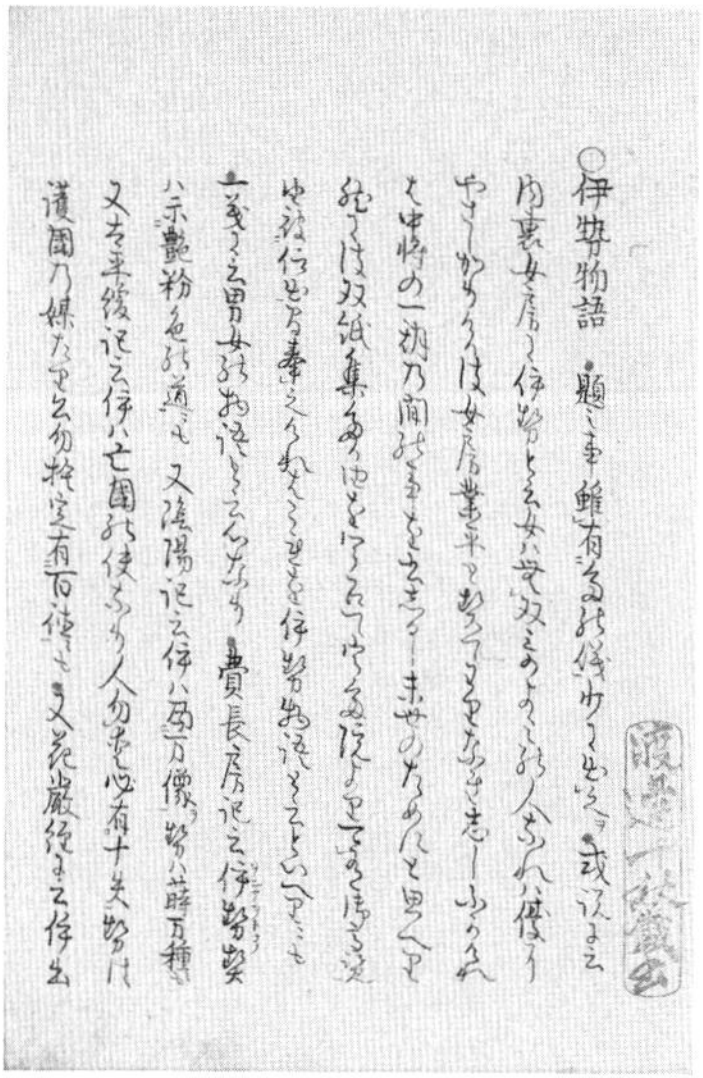

右：図41　伊勢物語奥秘書　中扉　左：図42　同、冒頭

た内容を持つ。『近世畸人伝《きんせいきじんでん》』『閑田耕筆《かんでんこうひつ》』等多くの著書を持つ江戸時代後期の歌人・国学者伴蒿蹊《ばんこうけい》▲の筆になる全五冊の伝本。『伊勢物語古注釈大成』第一巻に翻刻。

㊶伊勢物語髄脳《九八—七三八》（図43）

冷泉家流の「古注」と密接な関係を持つ伊勢物語の秘伝書。「古注」よりもさらに神話化された神秘的な秘伝が語られる。『伊勢物語古注釈大成』第二巻に翻刻。なお、鉄心斎文庫には、もう一本、すでに紹介した阿波国文庫旧蔵の⑫伊勢物語の髄脳《九八—七四一》も現存する。

以上の五点については、『伊勢物語古注釈大成』に片桐洋一氏による詳細な解説が添えられていて、すべての議論の基礎となっているが、これらさまざまな伊勢物語古注の世界を文学史や思想史の中に正しく位置付けることは容易ではない。このような不可思議な注釈が、いったいなぜ、何を目的として作り出され、発展していったのか、それらが日本の文化史上にどんな意味を持っていたのかなど、まだまだ多くの謎が

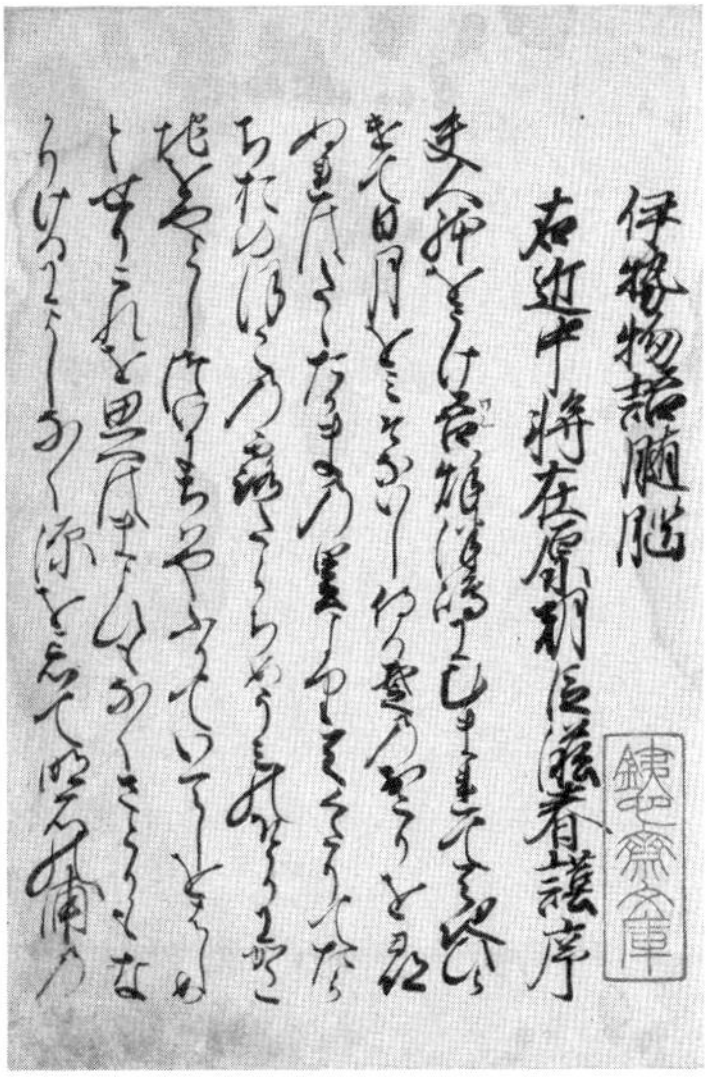

図43　伊勢物語髄脳　冒頭

今後に残されている。

ともかく、「古注」の出現という変転を経過することによって、伊勢物語はその姿を大きく変えることになったのである。

学ばれた「古注」

伊勢物語古注のうち、特に冷泉家流古注は、注釈書の形でなく、写本本文の行間に書き入れられた、いわゆる書き入れ本の形で伝わるものの方が、実は圧倒的に多い。本書の冒頭で取り上げた、「阿波国文庫」と「不忍文庫」の二つの蔵書印を持った写本七点のなかにも、次のように、行間に冷泉家流の「古注」が書き加えられているものがあった。

②文明十八年（一四八六）唯心筆本　《九八―四二》

朱筆で声点が加えられ、行間には冷泉家流の「古注」が加えられている。定家自筆本を写して注を加えたという永享十一年（一四三九）の良将の奥書と、冷泉政為の本を書写したという文明十八年の唯心の奥書を有する。

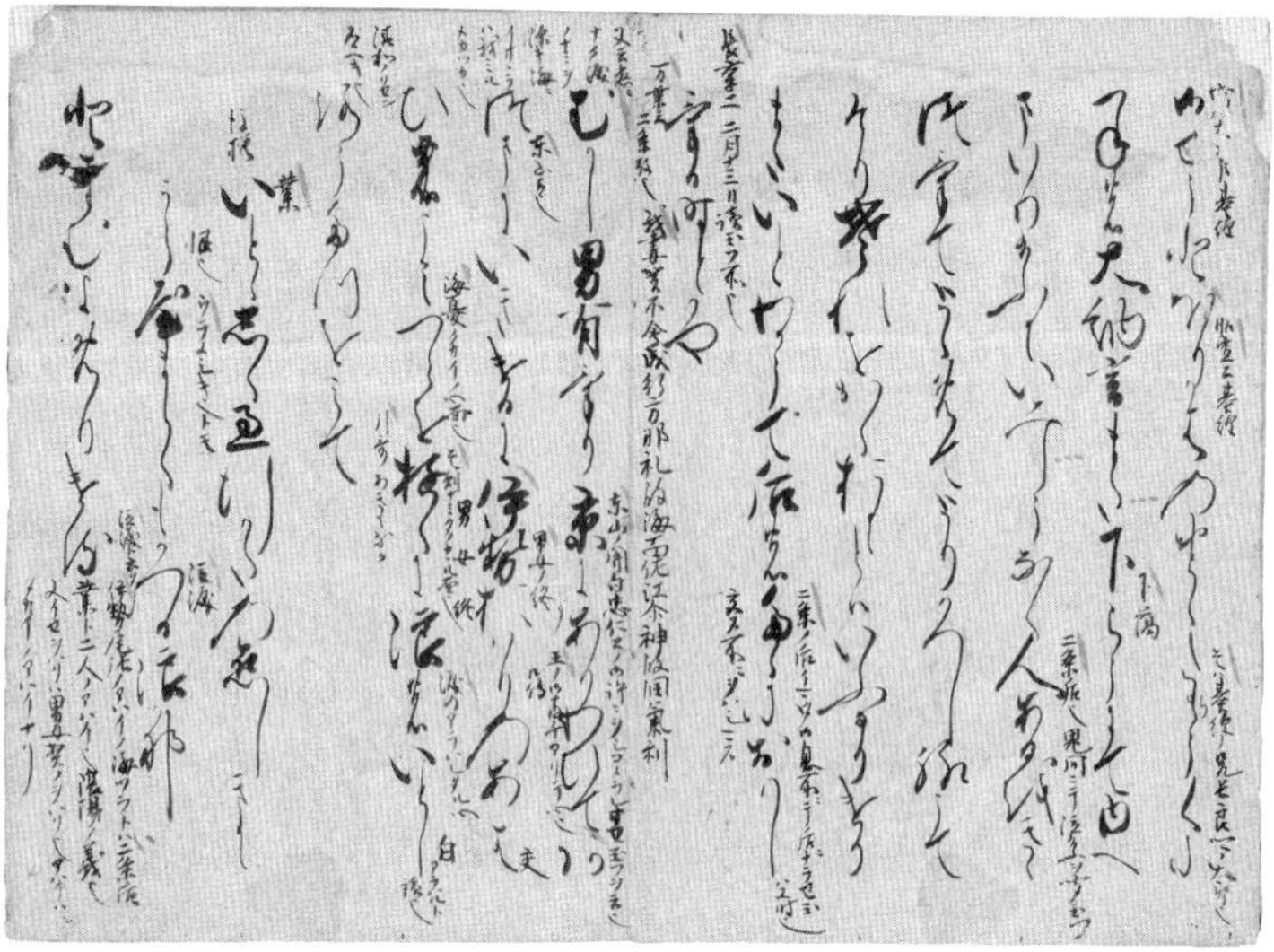

図44　永享５年正徹奥書「古注」書き入れ本　第八段

同種の写本は、鉄心斎文庫所蔵本の中に数多く見出されるので、いま個々にあげることは省略し、ここでは、その中の重要な一本に注目しておきたい。

㊷永享五年正徹《しょうてつ》奥書「古注」書き入れ本　《九八―一七〇》（図44）

行間に冷泉家流の「古注」が数多く書き入れられ、巻末に、冷泉為秀の本を写した自らの所持本の転写を許したことと、書き入れ注が相伝のものであることを証した、永享五年（一四三三）の正徹の奥書が転写されている。

この奥書は転写されたものだが、「古注」書き入れが冷泉家の祖である為相《ためすけ》の子の冷泉為秀（?―応安五年（一三七二））にまでさかのぼるという歌僧正徹▲の証言は、その真偽はともかく、それが伝承であったとしても貴重である。その点でこの本の価値はきわめて大きいと言えるのだが、さらにこの本には、他の「古注」書き入れ本には見られない、貴重な要素

正徹　永徳元年（一三八一）―長禄三年（一四五九）。

が含まれている。

すなわち本書には、数カ所にわたって、長享二年（一四八八）二月十二日から延徳年間（一四八九―九二）にかけての日付が記入されており、誰かがこの本を用いて、何日かにわたって伊勢物語の講釈を行ったことが知られるのである。伊勢物語古注が講釈の形で伝授された痕跡は、他にはほとんど残されていない。その伊勢物語古注が大切な知識として学習された跡を、この書き入れ本は、具体的な日付とともに今に伝えているのである。ちなみに、この講釈が行われたのは、正徹が没してから約三十年後のことであった。

「古注」の変転1――『伊勢物語奥秘書』

前述したように、一条兼良『伊勢物語愚見抄』の批判を受けて伊勢物語古注の権威は衰えたが、それ以後、「古注」はすっかり姿を消したわけでは、必ずしもなかった。「古注」を否定する宗祇の流派でも初心者には意図的に「古注」で教えたということがいくつかの文献に記されていて、事実そのような注釈書も現存するが、それだけでない。何よりも、室町時代後期から江戸時代にかけて、注釈書と書き入れ本の双方にわたって、伊勢物語古注の写本が大量に書写されているという事実が、「古注」がけっして消滅したわけではなかったことを語っているのである。しかしながらこの時期に、「古注」はどのように受け止められ、書写されていたのだろうか。

さきに見た「古注」の一伝本、㊵『伊勢物語奥秘書』（全五冊）は、『近世畸人伝』その他の著書がある江戸時代後期の歌人・国学者伴蒿蹊によって書写されているが、その各冊の表紙には「伊勢物語奥秘書　蒿渓考正」、第一冊の中扉には、「蒿渓考正　伊勢物語奥秘書　全五巻」と記されている。片桐洋一氏が『伊勢物語古注釈大成』の解題で述べているように、『伊勢物語奥秘書』の「古注」はけっして伴蒿蹊の著作ではなく、その成立は室町時代前期にまでさかのぼると考えられるのだが、それにしても、表紙と中扉にことさらに大きく「蒿渓考正」と書かれた文字の意味は、やはり気になる。

その意味は、『伊勢物語奥秘書』の本文を見れば、実は明らかである。『伊勢物語奥秘書』の本文には、朱筆で校合や校正が施されているが、それだけではない。掲げられている伊勢物語本文の冒頭には朱の◯印と番号が、それに対する注記の冒頭には朱の・印が、すべて丁寧に加えられていて、とても読みやすい形に整えられている。さらに、伊勢物語本文中の和歌には、朱筆で「女」「おとこかへし」などと、詠歌主体すなわち作者が注記されており、それだけではなく、第六十九段の本文「さかづきのさら」に墨筆で「酒台、和名志利佐良《しりさら》」、第七十一段

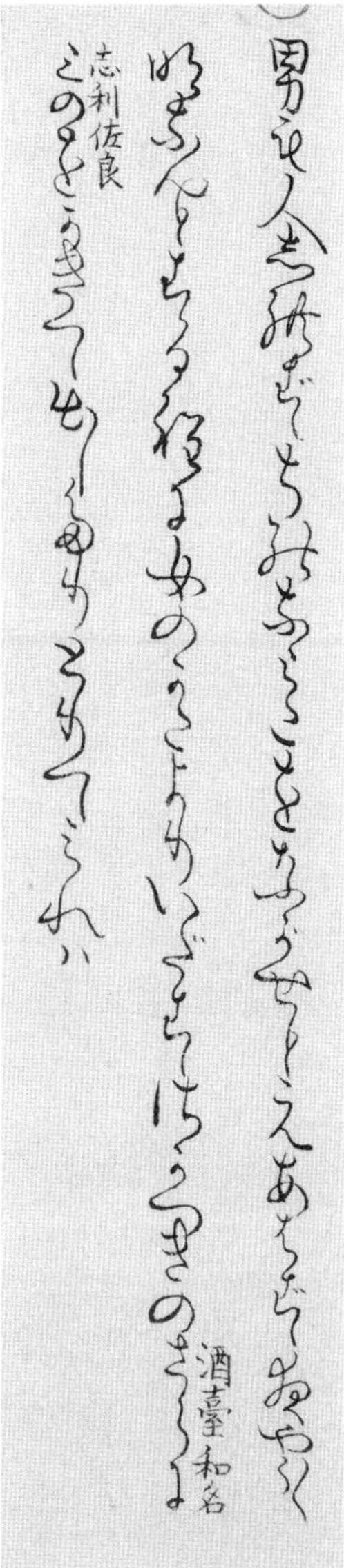

図45　伊勢物語奥秘書
第69段「さかづきのさら」
注記拡大

の本文「神のいさむる」に「禁」と記されているように、ところどころに簡単な注記が加えられている（図45）。それらは本来の「古注」の一部ではなく、伴蒿蹊によって加えられたものと考えられるのである。ちなみに、「酒台、和名志利佐良」という注記は源順の『和名類聚抄』に基づいて記されたものであり、国学者伴蒿蹊の施した注としてまことにふさわしい。伴蒿蹊は、この「古注」を尊重し、それに「考正」を加えて、『伊勢物語奥秘書』全五冊としたのであろう。

それでは蒿蹊にとって、『伊勢物語奥秘書』に収められた「古注」は、いったいどのような存在だったのだろうか。豊かな教養を持つ蒿蹊がこの種の「古注」をそのまま信じ、その注記に従って伊勢物語を読んでいたとは考えにくい。『伊勢物語奥秘書』所収の「古注」は彼によって、あくまでも貴重な「奇書」として研究の対象とされ、客観的な視点から「考正」もされたように思われるのだが、どうだろうか。

「古注」の変転2——田舎ノ深屋夫

さて、本書の最後に取り上げるのは、『伊勢物語奥秘書』とはまったく違ったかたちに流転した「古注」の姿を伝えると思われる、次のような一冊である。

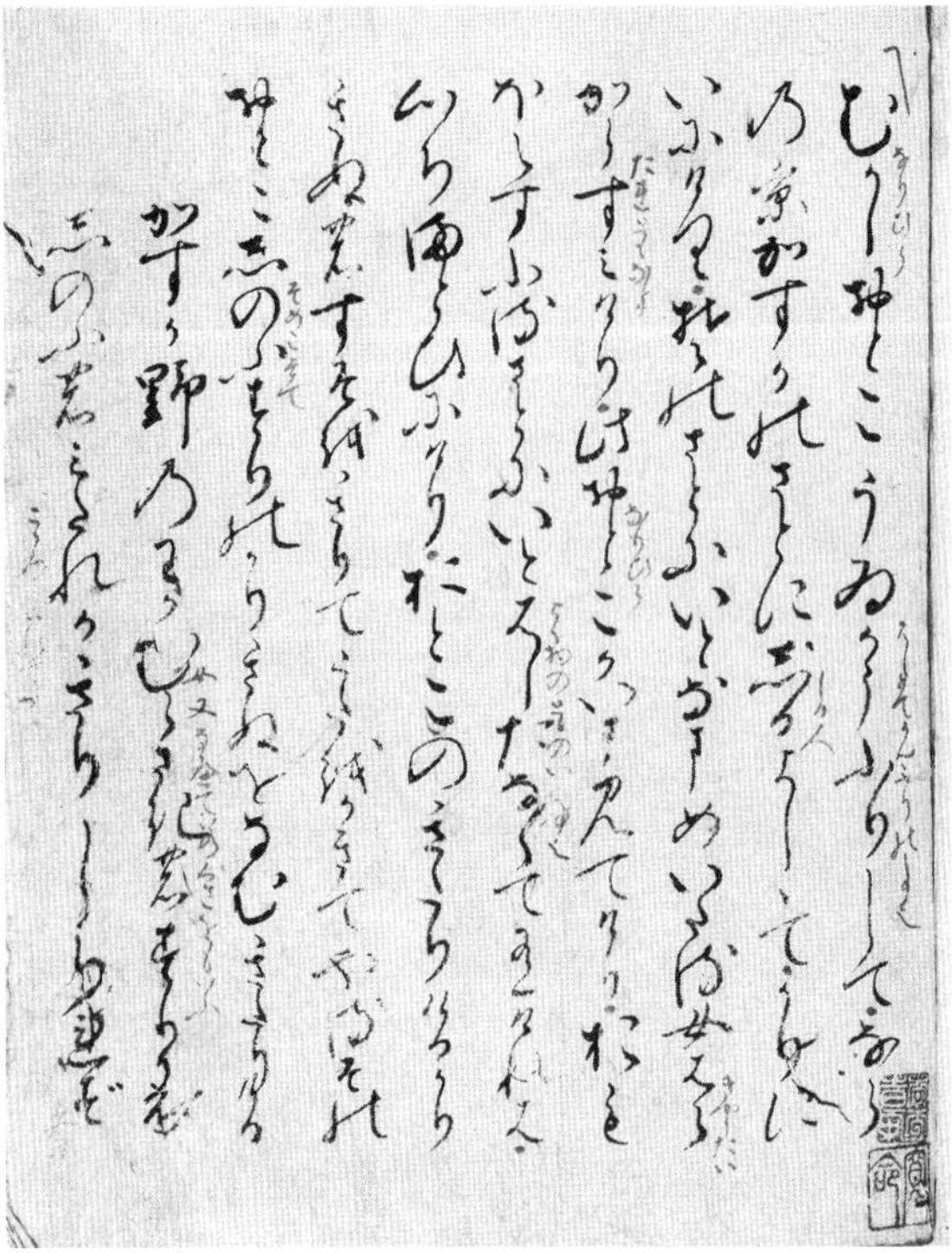

図46　延宝元年筆「古注」等書き入れ本　冒頭

㊸延宝元年筆「古注」等書き入れ本《九八―三六二》（図46・47）

巻末に「延宝元年写了」と記されていて、延宝元年（一六七三）に記されたことがわかる。行間に朱筆で多くの注記が書き入れられていて、その内容はおおむね冷泉家流古注に一致する。

本書は、江戸時代の延宝年間になっても、まだ「古注」書き入れ本が書かれ続けていた

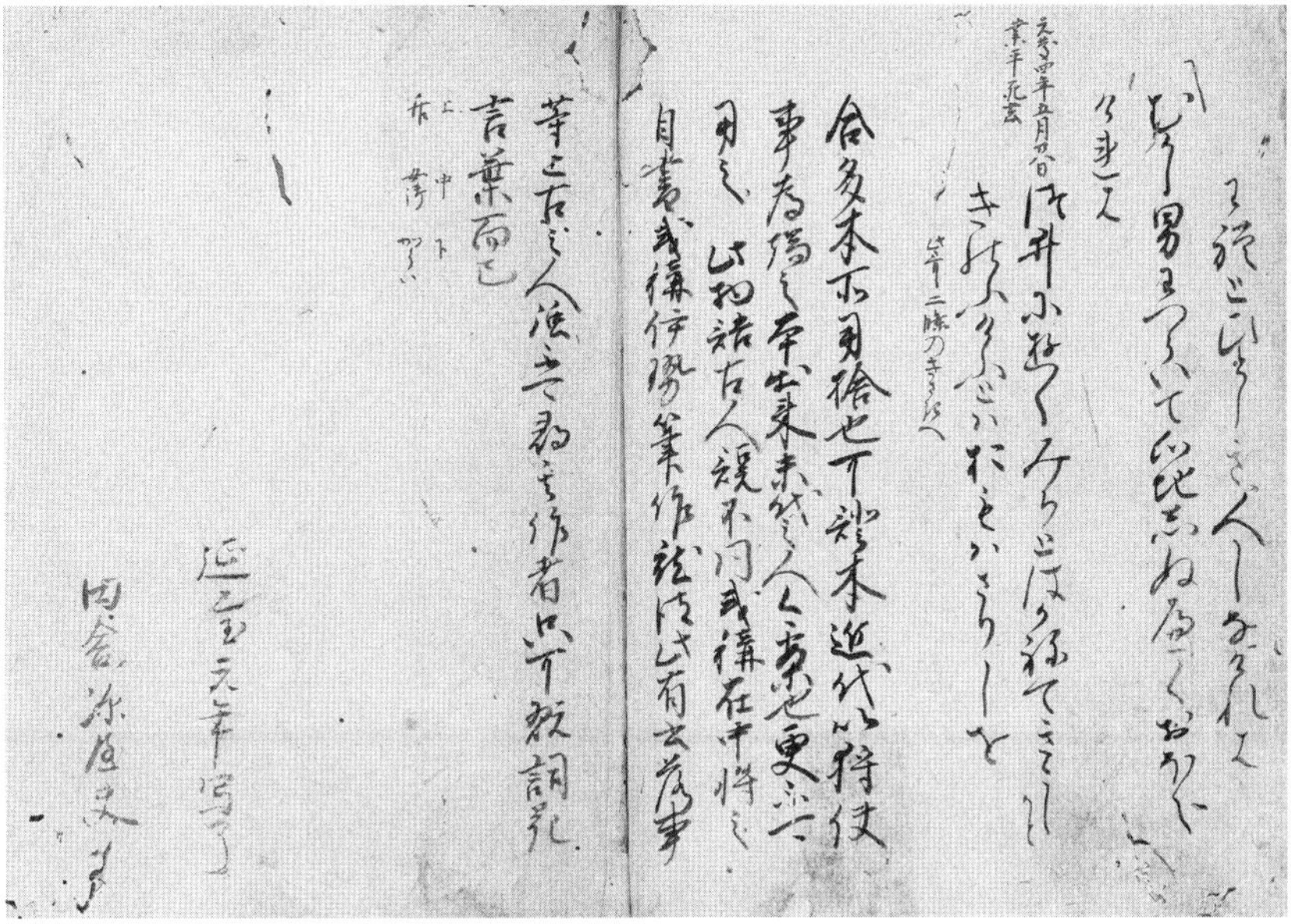

図47　延宝元年筆「古注」等書き入れ本　奥書

ことを示す伝本だが、本書に書き入れられた注記には、一般の冷泉家流古注とは大きく異なる性格の注記が含まれていて、注目される。すなわち、初段の「しのぶずりのかりぎぬ」に「そめこそで」（図46）、第六十三段の「かいま見ける」に「そとのぞくこと」（図48。「そと」は「そっと」の意）とあるように、通俗的、かつ初心者向きとも言える注記が、本書にはしばしば見られるのである。巻末部分（図47）に天皇の后妃たちの身分について「后・上、女御・中、かうい・下」（原本では上・中・下は右横に小さく添える）と記されているのも、そのひとつである。本書第六十三段の「世心つける女」に「これたかの母」という注記が記されている（図48）など、本書の注記が冷泉家流古注の読みを継承していることは明らかなのだが、そこに混在している上記のような通俗的注記は、通常の冷泉家流古注書き入れ本には見られないものである。

このような本書の姿を、冷泉家流古注書き入れ本の末

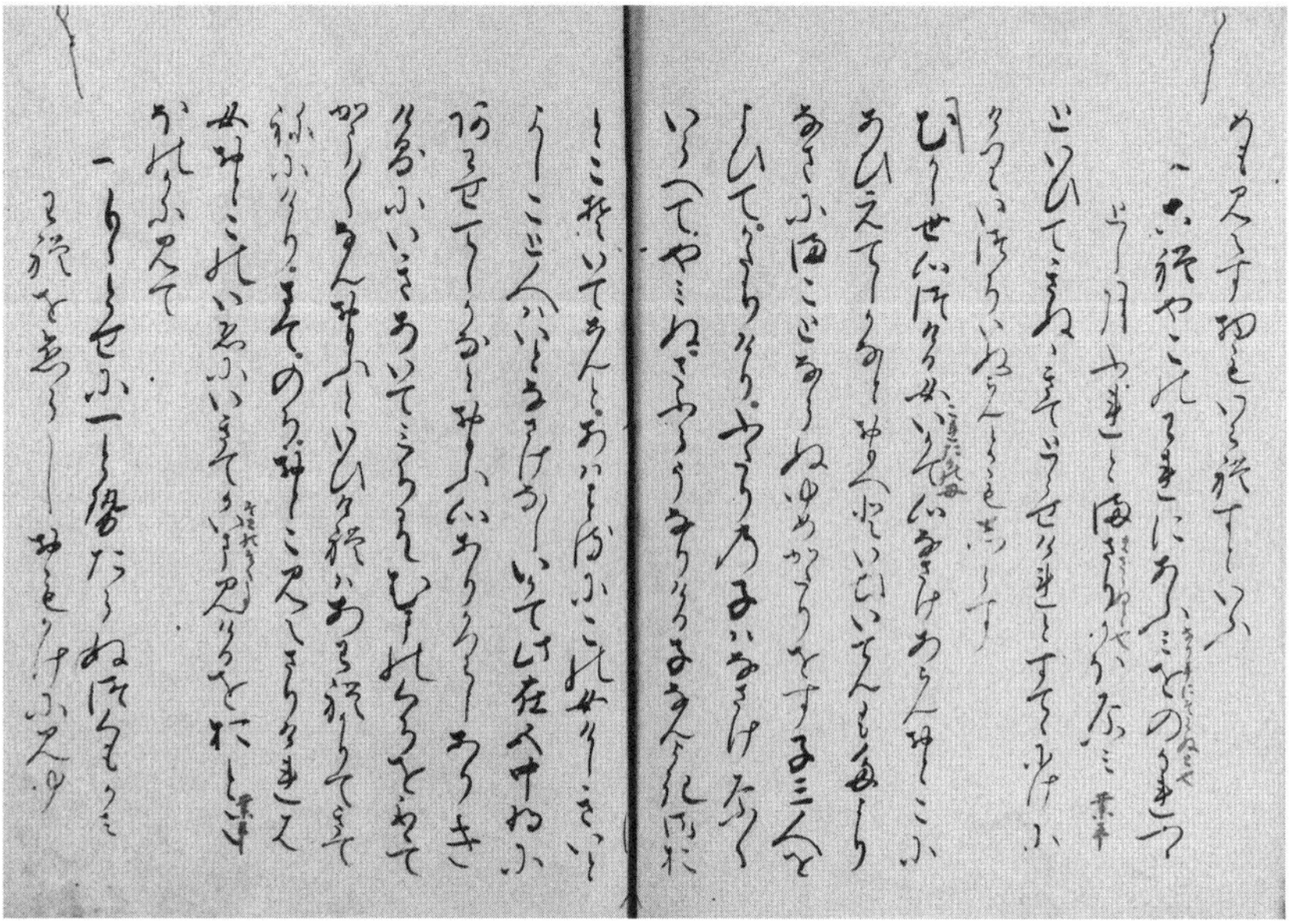

図48　延宝元年筆「古注」等書き入れ本　第63段冒頭の見開き

流のかたち、崩れたかたちと呼ぶことももちろん可能だが、ここで注目したいのは、本書が、そのような通俗的・初心者向きの要素を取り入れながら、なお「古注」の読みを貫いているという事実である。本書は、前時代に書かれた既成の冷泉家流古注書き入れ本を延宝元年にそのまま書写したものではなく、おそらくは延宝元年、ないしはそれ以降に、初心者向けの講釈のためにあらたに書き入れを加えられた本と考えられる。ここでは、「古注」はまだ信じられ、生きた形で教えられている。「古注」末流の、けれども生きた姿を、本書は伝えているのである。

　そして、さらに注目されるのは、本書の末尾（図47）に朱筆で加えられたように見える「田舎ノ深屋夫」という署名である。これは「いなかのふかやぶ」と読み、百人一首の「夏の夜はまだ宵ながら明けぬるを雲のいづこに月やどるらむ」という歌で知られる、清少納言の曾祖父ともされる『古今集』歌人清原深養父《きよはらのふかやぶ》の名をもじった、一種の別名ないしは狂歌名であろうと考えられる。田舎には深い藪があある、という意味を込め、田舎者の意の「野夫《やふ》」にも重ねたしゃれなのであろう。これが誰の別名で、その人物がいつごろの、どんな人だったのか、きわめて興味深いのだが、今のところその本名を知ることができない。

この「田舎ノ深屋夫」という署名が、もし書き入れ注記と同じく朱筆で記されていたとすれば、前述のような性格を持った書き入れ注記は、この「田舎ノ深屋夫」によってなされたものかとも考えられる。この署名は現在では薄くなって読みにくくなっているが、これは自然な摩滅の結果なのか、それとも意図的に消去しようとした痕跡なのか、容易に判断しがたい。そもそも、この人物は、ここになぜ本名でなく、狂歌名のような別名を記したのだろうか。本書は一見、末流のありふれた写本のようにも見えるが、実は多くの謎を秘めつつ、江戸時代前期まで学ばれ続け生き続けていた「古注」の変転の姿を伝えてもいる、きわめて興味深い伝本でもあるのである。

あとがき

本書は、鉄心斎文庫に現存する伊勢物語伝本の一部を取り上げ、前半ではいくつかの書物それ自体の流転のあとをたどり、後半では伊勢物語の伝本が伝えている変転の姿について、さまざまな側面から考えたものであるが、それに加えて、伊勢物語という文学作品がたどってきた成立と享受の過程をふり返り、それらすべてを合わせて、伊勢物語がいかに変転に満ちた来歴を経て現在に至っているかを述べようと試みた。

結果的にまとまりのない一冊となったが、これを通して、伊勢物語とその伝本の魅力を少しでも伝えることができればと願っている。

ここで言う「変転」は、長らく読まれ続けてきた作品が、時の経過を越えてさらに新しく生き続けてゆく姿そのものである。国文学研究資料館に寄贈されひとまず安住の地を得た鉄心斎文庫の一千点を超える伊勢物語たちが、ただ保管されるだけでなく、新しい創造のためにさまざまに生かされ、思ってもみなかった新しい変転の姿をこれからも示し続けてゆくことを、鉄心斎文庫の生みの親である芦澤新二・美佐子ご夫妻とともに、私もまた期待している。

なお、本書は、国文学研究資料館で取り組んでいる歴史的典籍NW事業の一部として行われている共同研究「青少年に向けた古典籍インターフェースの開発」（代表：小山順子氏）、および国文学研究資料館基幹研究「鉄心斎文庫伊勢物語資料の基礎的研究」（代表：小林健二氏）の成果の一部である。

掲載図版一覧

図１　『天愛不息――芦澤新二を偲ぶ』（三和テッキ株式会社、平成２年）より転載

図２～８・18・24～48　国文学研究資料館（鉄心斎文庫）

図９・22・23右　著者撮影

図10・11　『日本を愛したドイツ人 フリッツ・ルンプと伊勢物語版本』（関西大学出版部、平成25年）より転載

図12～16　『Du verstehst unsere Herzen gut』（ベルリン日独センター、平成元年）より転載

図17・19～21・23左　個人蔵

山本登朗（やまもと　とくろう）
1949年、大阪府生まれ。京都大学大学院文学研究科博士課程単位取得退学。博士（文学）。現在、関西大学文学部教授。専攻、平安時代の文学とその享受史。著書に、『伊勢物語論——文体・主題・享受』（笠間書院、2001年）、『伊勢物語版本集成』（編著、竹林舎、2011年）、『日本を愛したドイツ人　フリッツ・ルンプと伊勢物語版本』（編著、関西大学出版部、2013年）、『日本古代の「漢」と「和」——嵯峨朝の文学から考える』（共編著、勉誠出版、2015年）、『絵で読む伊勢物語』（和泉書院、2016年）、『伊勢物語の生成と展開』（笠間書院、2017年）などがある。

ブックレット〈書物をひらく〉15
伊勢物語　流転と変転——鉄心斎文庫本が語るもの

2018年8月10日　初版第1刷発行

著者　山本登朗
発行者　下中美都
発行所　株式会社平凡社
〒101-0051　東京都千代田区神田神保町3-29
電話　03-3230-6580（編集）
03-3230-6573（営業）
振替　00180-0-29639
装丁　中山銀士
DTP　中山デザイン事務所（金子暁仁）
印刷　株式会社東京印書館
製本　大口製本印刷株式会社

ISBN978-4-582-36455-2
NDC分類番号913.32　A5判（21.0cm）　総ページ88

平凡社ホームページ　http://www.heibonsha.co.jp/

ブックレット〈書物をひらく〉

1 死を想え『九相詩』と『一休骸骨』 今西祐一郎
2 漢字・カタカナ・ひらがな 表記の思想 入口敦志
3 漱石の読みかた『明暗』と漢籍 野網摩利子
4 和歌のアルバム 藤原俊成 詠む・編む・変える 小山順子
5 異界へいざなう女 絵巻・奈良絵本をひもとく 恋田知子
6 江戸の博物学 島津重豪と南西諸島の本草学 高津 孝
7 和算への誘い 数学を楽しんだ江戸時代 上野健爾
8 園芸の達人 本草学者・岩崎灌園 平野 恵
9 南方熊楠と説話学 杉山和也
10 聖なる珠の物語 空海・聖地・如意宝珠 藤巻和宏
11 天皇陵と近代 地域の中の大友皇子伝説 宮間純一
12 熊野と神楽 聖地の根源的力を求めて 鈴木正崇
13 神代文字の思想 ホツマ文献を読み解く 吉田 唯
14 海を渡った日本書籍 ヨーロッパへ、そして幕末・明治のロンドンで ピーター・コーニツキー
15 伊勢物語流転と変転 鉄心斎文庫本が語るもの 山本登朗